Michael Maar

Heute bedeckt und kühl

Michael Maar

Heute bedeckt und kühl

Große Tagebücher von
Samuel Pepys
bis Virginia Woolf

C.H.Beck

Inhalt

Lese täglich und mit großem Nutzen für meine Seele die *Gedanken weiser Männer*. Die letzten zwei, drei Tage arbeite ich unaufhörlich und ohne von jemandem gestört zu werden an mir selbst: erlaube mir keine verwerflichen Gedanken und keine leichtsinnigen Handlungen wie etwa Turnen oder Kartenlegen! Und das ist schön. Könnte ich es doch bis zum Tode durchhalten!

Leo Tolstoi, Jasnaja Poljana, 1906

Elizabeth und ich haben gestern unsere Gymnastik vor dem Schlafengehen gemeinsam gemacht. Es ist schwer, ein ernstes Gesicht beizubehalten, wenn sie ihre Übungen macht, weil sie mit einer derart ernsthaften, wilden Entschlossenheit zu Werke geht, die einfach zum Kringeln ist. Es ist besonders komisch, wenn wir beide auf der Stelle laufen, weil sie dabei ihre Brüste festhalten muß – eine in jeder Hand –, denn trotz ihrer Festigkeit, eher wie bei einer Dreißigjährigen als bei einer Frau von beinahe 40, sind sie ziemlich groß, und das Gewackel wäre lästig und außerdem nicht gut für Elizabeth. Es ist ein äußerst verlockender Anblick, und wenn es eine öffentliche Vorstellung wäre, würde sie eine Menge von Zuschauern anlocken. Etwa 10 Millionen.

Richard Burton, Budapest, 1973

Manche Leute tun es, andere nicht. Nein, nicht von Turnen oder Abendgymnastik, mit oder ohne Zuschauer, ist die Rede. Manche Menschen machen sich die Mühe und führen ein Tagebuch. Manche gehen sogar, wenn sie mit diesem Tagebuch einmal im Rückstand sind, streng mit sich ins Gericht. Der 1740 in Edinburgh geborene berühmte Biograph Samuel Johnsons, James Boswell, schilt sich im Tagebuch: «Ich dürfte eigentlich nicht mehr erleben, als ich hier festhalten kann, genau wie man nicht mehr Korn säen sollte, als man in seiner Scheune unterbringen kann.» Und der 1633 geborene Samuel Pepys legte sogar ein schriftliches Gelübde ab, daß er jeweils sein Tagebuch geführt haben mußte, bevor er eine Frau küssen oder Wein trinken durfte; ein Gelübde, das seinem diaristischen Fleiß sehr auf die Sprünge half.

Warum aber unterzieht man sich dieser zeitraubenden, selbst auferlegten Pflicht, was ist der tiefere Sinn davon? Anders als beim Säen und Ernten dient sie ja nicht dem Überleben oder dem leiblichen Wohl. Und doch steckt offenbar etwas Elementares darin. Was genau es sei, das ist die erste Frage, der wir in dieser kleinen Promenade nachgehen wollen. Sie wird gefolgt von einer zweiten: Warum lesen wir Tagebücher so gern?

Eine Schar von Schriftstellern soll uns dabei begleiten, schon deshalb, weil viele eines geführt haben. Aber daß auch Seefahrer, Polarreisende, Herzöge, Hofdamen und Berliner Gören, daß auch Schauspieler und Biographen und Marinebeamte Tagebuch führen, wie die angeführten Burton und Boswell oder der grandiose Samuel Pepys, soll uns dabei nicht entgehen.

Letzterer mag uns, bevor wir uns ernsthaft an die Beantwortung der Fragen machen, rasch noch ein heute vergessenes Kosmetik-Mittel in Erinnerung rufen. Im Jahr 1664 notiert Samuel Pepys in seinem in Kurzschrift geführten Tagebuch, das erst hundert Jahre nach seinem Tod entdeckt wurde und heute als das bedeutendste Journal des 17. Jahrhunderts gilt: «Ärgerlich über meine Frau, die sich den Urin von jungen Hunden ins Gesicht geschmiert hat – wie Tante Wight, die damit etwas gegen ihr häßliches Gesicht tun will.»

Ob die Kur der Tante viel geholfen hat, bleibt ungeklärt. So ungeklärt wie die Frage, warum Mr. Pepys sieben Jahre nach einer geglückten Blasenstein-Operation, deren Jahrestag er sein Leben lang feierlich begehen wird – warum genau also Samuel Pepys sich im März 1665 der allerbesten Gesundheit erfreut. Ob es an der neuen Hasenpfote liegt, die er als Talisman gegen Darmwinde trägt, oder daran, daß er seither den Rücken kühl hält – oder liegt es an der Terpentin-Tablette, die er jeden Morgen nimmt?

Hasenpfote oder Terpentin? Man sieht hier förmlich, wie sich die Strahlen der Aufklärung durch die Wolkendecke des Aberglaubens bohren oder es zumindest versuchen. Die Tagebücher Samuel Pepys' sind auch wegen dieser geistesgeschichtlichen Großwetterlage ein einzigartiges und dabei außerordentlich offenherziges Dokument.

Pepys glaubt durchaus an die heilsame Wirkung von Talismanen, so wie seine Frau an die kosmetische von Welpenurin, aber er interessiert sich auch stark für die neuesten wissenschaftlichen Versuche, er macht optische Experimente, und er versäumt es nicht,

> die seltsame Kreatur zu besichtigen, die Kapitän Holmes aus Guinea mitgebracht hat: ein großer Schimpanse, in vielem menschenähnlich, ich glaube aber, es ist eine Kreuzung aus einem Menschen und einem weiblichen Gorilla.

Als Leiter der Proviant-Abteilung im Flottenamt stand Samuel Pepys in ständigem Kontakt mit dem Hof. Was dachte der fast aufgeklärte Londoner von seinem Oberhaupt? Einerseits ist er stolz darauf, wenn er im Garten Mr. Petts Kirschen von demselben Baum ißt, «von dem der König heute welche gepflückt hat». Andererseits muß er sich, wenn er den König einmal bei schlechtem Wetter sieht, eingestehen: «Es verringerte meine Achtung vor ihm, daß er nicht in der Lage zu sein scheint, dem Regen Einhalt zu gebieten.»

Er ist eben doch nur ein ganz normaler Mensch und keine Kreuzung von einem Menschen mit einem Halbgott. Der König – wenn wir uns hier gleich schon von Mr. Pepys fesseln und in seine Zeit hineinziehen lassen dürfen –, der König setzt den Respekt seiner Untertanen leider nur allzuoft aufs Spiel. Was Pepys da nicht alles zu hören bekommt ... «Mr. Povy erzählt mir, daß der König die meiste Zeit damit verbringt, seine verschiedenen Damen nackt am ganzen Körper im Bett zu küssen; er tut nur das, wozu er gerade Lust hat, und wird seine Geilheit wohl nie loswerden.»

Die durch die Ablenkung entstandene Mißregentschaft führt dazu, daß England fast den Seekrieg gegen Holland verliert. Dabei spart der Damenfreund seinerseits nicht mit Kritik an Kollegen, wie Pepys aus seinem eigenen erlauchten Munde erfährt:

> Der König sprach sich u. a. sehr verächtlich über
> die merkwürdigen Bräuche am spanischen Hof aus;
> der König von Spanien pißt nur, wenn ein anderer
> ihm den Nachttopf hält.

Fremde Zeiten, fremde Sitten! Betrüblich, wie diese schon damals im Niedergang begriffen waren. Pepys selbst muß dabei gar nicht päpstlicher tun als der Papst, wenn das Wort bei einem Puritaner erlaubt ist. «Amüsierte mich in der Kirche mit meinem Fernglas, durch das ich das große Vergnügen hatte, eine große Zahl attraktiver Frauen zu beobachten», berichtet Pepys 1667. «Mit dieser Beschäftigung und einem kurzen Nickerchen überstand ich den Gottesdienst leidlich.»

So hielt man es also damals mit der Religion – und Pepys wuchs unter Oliver Cromwell auf! Jene genannte Beschäftigung war offensichtlich eine seiner bevorzugten, wie man seinem Tagebuch entnehmen kann. Ob Kirchenschiff oder Fregatte: «Der Leutnant und ich schauten mit dem Fernglas nach den Frauen, die sich an Bord vorüberfahrender Schiffe befanden und recht ansehnlich waren.» Selbst am Arbeitsplatz ging *Peeping Pepys* seiner Neigung nach: «Bohrte im Büro ein Loch hinter meinem Stuhl in die Wand, damit ich in die große Amtsstube sehen kann.»

Die erotischen Passagen im Tagebuch des großen Pepys, verschlüsselt in einem durchsichtigen Sprachenmix aus Latein, Italienisch, Französisch und Holländisch – «aber elle ne voulait pas, was mich ärgerte» –, präsentieren einen Mann nicht ganz ohne nationale Vorurteile. Die Leserinnen mögen im folgenden bitte das Wort «trotzdem» ignorieren:

> Mittagessen im ‹ Delphin › mit Kapitän Cooke
> und seiner Frau, einer Deutschen, die trotzdem
> sehr schön ist.

Ja, es ist derselbe Captain Cooke, der ihm öfter «betrunken wie eine Haubitze» begegnet, eine ziemliche Last in diesem Zustand, «aber immer angenehm». Was die nationalen Vorurteile betrifft, da hatten es sogar die Frauen des Erzfeindes leichter: «Abends vergnügte ich mich, Gott verzeih's, durch die Kraft der Phantasie mit der jungen Señora, die heute mit uns zu Mittag gegessen hat.»

Dabei war Pepys glücklich verheiratet, auch wenn er seine Frau betrog und die Rahmendaten nicht mehr genau im Kopf hatte. «Heute ist mein Hochzeitstag, der wievielte, kann ich nicht sagen, meine Frau behauptet, der zehnte.» Spannungen gab es vor allem, was ihre Modeinteressen betraf. «Sah neumodische Unterröcke aus Seide, sehr hübsch, meine Frau möchte so einen haben, aber wir kauften keinen.» Ein Jahr später klingt es schon verdächtig anders:

> Sie wünscht sich einen neuen Unterrock, mit
> seidenen Streifen. Sofort zur Paternoster Row
> gegangen und den besten gekauft, den ich finden
> konnte, und einen viel schöneren, als sie wünscht
> und erwartet.

Ob da jemand ein schlechtes Gewissen hat? Lesen wir weiter in Pepys' intimem Tagebuch, das er 1669 – anderthalb Jahre nachdem seine Frau ihn mit dem Dienstmädchen erwischt hatte – abbrach, weil er glaubte, er würde erblinden.

> Nach Westminster Hall, wo mich Mrs. Lane am Mantel zupft. Ich ging mit ihr in ihren Laden, und sie machte alles, was ich wollte, bat mich aber, ihrem Mann zu helfen. Sie ist schon ziemlich schwanger und sagt, ich soll Pate des Kindes werden, ich will aber nicht.

Wenn Pepys' Tagebuch den Ruhm so vieler anderer überstrahlt, liegt es vor allem daran, daß es so unverstellt ehrlich ist und so reich an komischen Details. Wo sonst erführe man von dem merkwürdig gehemmten Tag eines seiner Kollegen?

> Mr. Townsend erzählte mir von seinem Mißgeschick, daß er nämlich kürzlich mit beiden Beinen durch ein Hosenbein gestiegen und so den ganzen Tag herumgelaufen ist.

Tja, dumm gelaufen, in der Tat, auch wenn man den weiten Hosenschnitt der Zeit kennt – aber es gibt Schlimmeres, etwa einen mißglückten Theaterbesuch:

> Heute enden meine Gelübde betreffs Wein und Theater. So beschloß ich, mir eine Freiheit zu gönnen, bevor ich wieder damit beginne. Ging deshalb ins King's Theatre, wo «Ein Sommernachtstraum» gespielt wurde, ein Stück, das ich noch nicht gesehen habe und auch nie wieder sehen werde, denn es ist das geschmackloseste, lächerlichste Zeug, das ich mein Lebtag gesehen habe.

Kein blinder Shakespeare-Freund also, offenbar. Mit seinen immer wieder gebrochenen Gelübden, Wein und Theaterbesuch betreffend (gebrochen oder *umgangen*, indem er statt Wein einfach Branntwein trinkt) – mit diesen Gelübden nimmt Pepys übrigens schon die Ankündigungen des Zeno Cosini aus dem Roman Italo Svevos vorweg, in dem Zeno sich in jedem Kapitel schwört, nun wirklich und endgültig mit dem Rauchen aufzuhören.

Neben falsch bestiegenen Hosenbeinen und mißglückten Shakespeare-Aufführungen finden sich bei Pepys auch genügend Reflexe der *History* mit großem H. In keiner englischen Anthologie fehlt seine Schilderung des großen Londoner Brandes, des *great fire of London*, das am 2. September 1666 nachts in einer Bäckerei begann, sich verheerend ausbreitete und am Ende vier Fünftel der Stadt in Asche legte. Pepys schafft es, seine Habseligkeiten aufs

Land zu bringen oder zu vergraben. Vom Fluß aus beobachtet er den Brand:

> Je dunkler es wurde, desto größer erschien das Feuer, in allen Winkeln, auf Hügeln, zwischen Häusern und Kirchen, soweit man sehen konnte, bis hinaus zur City leuchtete die schreckliche, böse, blutrote Flamme, nicht wie die Flamme eines gewöhnlichen Feuers. Wir blieben, bis man das Feuer als einen einzigen riesigen Bogen von dieser bis zur anderen Seite der Brücke sah, ein Bogen, der etwa eine Meile lang war. Der Anblick machte mich weinen.

Berühmt ist auch seine Chronik der großen Pest, unter der London im Jahr zuvor gelitten hatte. Wieder sind es die Details, die uns die Zeit vor Augen führen:

> Zog meinen neuen farbigen Seidenanzug an und meine neue Perücke. Was wohl für eine Mode in Perücken kommt, wenn die Pest vorüber ist? Jetzt wagt niemand, Haar zu kaufen, aus Angst, es könnte von einer Pestleiche stammen.

Nur in Tagebüchern ist das Allerprivateste so unlösbar verschlungen mit dem, was später als Datum in den Geschichtsbüchern stehen wird. Ein Tagebuch, nicht zuletzt darin liegt sein Reiz, gibt immer auch ein absichtsloses und um so getreueres Bild seiner Zeit. Wer sich über das Verhältnis von gutsituiertem Ehemann und Gattin im späten 17. Jahrhundert orientieren will, muß keine langen Studien lesen, sondern bei Pepys nachschlagen:

> Abends in meinem Arbeitszimmer ihre Haushaltsbücher kontrolliert und festgestellt, daß sie ohne meine Erlaubnis ein Spitzentaschentuch und eine Nadel gekauft hat. Obwohl das nicht besonders schlimm ist, möchte ich doch nicht, daß es einreißt. Wir gerieten mächtig aneinander und gingen verfeindet ins Bett.

Zwei Tage später, vielleicht aus Rache, besucht Pepys abends eine Mrs. Mercer, wo sie sehr ausgelassen sind und sich mit Kerzenwachs und Ruß beschmieren, «bis wir wie die Teufel aussahen». Anschließend tanzen sie bei Pepysens bis morgens um vier.

Werfen wir einen vorerst letzten Blick in diese Aufzeichnungen, in denen im Jahr 1660 eine historische Zäsur aufblitzt. Am 25. September läßt Samuel Pepys sich im Flottenamt zum ersten Mal ein exotisches Getränk servieren. Es stammt aus China und nennt sich Tee.

Schmollwinkel und Blütenlese

Doch warum führt man es zuallererst, das Tagebuch? Befragen wir dazu einen jungen Mann, der zu einem der größten Prosaautoren deutscher Sprache heranwachsen sollte.

> Ein Mann ohne Tagebuch (er habe es nun in den Kopf oder auf Papier geschrieben) ist, was ein Weib ohne Spiegel. Dieses hört auf Weib zu sein, wenn es nicht mehr zu gefallen strebt und seine Anmut vernachlässigt; es wird seiner Bestimmung gegenüber dem Manne untreu. Jener hört auf, ein Mann zu sein, wenn er sich selbst nicht mehr beobachtet und Erholung und Nahrung immer außer sich sucht.
> Er verliert seine Haltung, seine Festigkeit, seinen Charakter, und wenn er seine geistige Selbständigkeit dahin gibt, so wird er ein Tropf. Diese Selbständigkeit kann aber nur bewahrt werden durch stetes Nachdenken über sich selbst, und geschieht am besten durch ein Tagebuch. Auch gewährt die Unterhaltung desselben die genußvollsten Stunden.

Das schrieb 1838 der spätere Verfasser des *Grünen Heinrich* und der *Seldwyla*-Geschichten, Gottfried Keller. Der etwas altkluge und beflissene Duktus verrät, daß es die Notiz eines jungen Menschen ist. Keller war kaum zwanzig, als er dieses Lob des Diarismus verfaßte. In diesem Alter nimmt man sich noch viel vor, das der inneren Disziplin dienen soll. Was beim späten Tolstoi der Vorsatz ist, nicht zu turnen oder gar Karten zu legen, ist beim jungen Zürcher der Vorsatz der täglichen Schreibdisziplin. Man weiß dabei nicht recht, ob der angeführte Genuß der Selbstbetrachtung der eigentliche und wahre Grund ist, warum Keller fürs Tagebuch plädiert. Glaubt er wirklich, man werde ein Tropf, wenn man sich der Übung der täglichen Niederschrift entzieht? Und was die zitierten Weiber angeht, würden sie ohne ihre Spiegel wirklich ihrer Bestimmung gegenüber dem Manne untreu? Ein Feld, auf dem der junge Gottfried übrigens nur sehr theoretisch Bescheid wußte.

An anderer Stelle führt Keller noch weitere Gründe fürs Tagebuchschreiben auf. Und hier klingt schon ein privaterer, ja ein leiser Leidenston mit. Es gebe Zeiten, seufzt er, wo man, geschweige einen warmen Menschen, nicht einmal ein warmes, lebendiges Buch zur Hand habe, an dem man sich bereichern und erquicken könnte. In diesen Zeiten solle das Tagebuch sein Trost sein! Wenn er einen lieben langen Tag nichts Bleibendes getan habe, so wolle er wenigstens dies hineinschreiben, und dann werde das Buch ihm entweder einige Gedanken geben oder einige entlocken, so daß doch ein paar Worte zurückblieben von der luftigen Blase, der Zeit.

Aber nicht bloß in Tagen der Mutlosigkeit – nein! auch in Tagen der festlichen, rauschenden Freude will er stille Momente verweilen und ausruhen im

> traulichen Schmollwinkel meines Tagebuches. Ich will die schönsten Blüten erlebter Freude hineinlegen, wie die Kinder Rosen- und Tulpenblätter in ihre Gebetbücher legen; und wie sie sich dann in späteren Jahren wehmütig erfreuen, wann ihnen so ein verblichnes Blumenblatt in einem alten Buche zufällig wieder in die Hände fällt: so will ich mich in meinen letzten Erdentagen erfreuen an den Bildern entschwundener Freuden. Wann dann zwischen dreihundertfünfundsechzig Regentagen des Leidens nur *ein* Sonnentag der heiteren Freude und des Mutes hervorlacht, so will ich alle jene Regentage vergessen und mein dankbares Auge nur auf diesen sonnigen Freudentag heften und den Herren preisen, daß er mir wenigstens diesen gegeben hat.

Das sind poetische Vorsätze, die der junge Künstler sich da macht. Nun weiß man, welchen Weg die meisten menschlichen Vorsätze gehen. Mit dem selbstironischen Witz, der ihm inzwischen zugewachsen ist, schreibt Gottfried Keller über seine Eloge des Tagebuchs beim späteren Wiederlesen:

> Diese Worte habe ich vor fünf Jahren, im Heumonat 1838, in meinem neunzehnten Jahre, niedergeschrieben, ohne daß ich bis jetzt irgend einmal ein Tagebuch angefangen hätte. Ich denke aber, es geht mir nicht allein so, und ich habe schon oft geahnt und an mir selbst erfahren (ich müßte denn eine tüchtige Abnormität sein), ich habe schon oft bemerkt, sage ich, daß in der Welt sehr viel Schönes, Wahres, sehr gründlich und solid Scheinendes, dem, der es sagt, zur Ehre Gereichendes gesprochen, geschrieben und behauptet wird, ohne daß es dem Autor im mindesten in den Sinn käme, das mit so viel Energie Geäußerte auf sich selbst anzuwenden oder auszuüben.

So wäre uns das erste Beispiel für einen überzeugten Diaristen gleich gründlich mißraten. Keller lehrte das eine und tat das andere. Er predigte das Wasser des täglichen Pensums und trank den Wein der Schreibabstinenz. Dafür hat er uns mit dem Ausdruck «Schmollwinkel» beschenkt, der eine Seite des Tagebuchschreibens genau trifft. So wie der große Außenseiter der deutschen Romantik Jean Paul den hauptsächlichen Zweck der Ehe darin sah, daß man sich vor der Ehefrau ungeniert loben dürfe, so kann man sich im Tagebuch so recht über die böse Welt ausschütten. Das Tagebuch ist gewissermaßen die Beschwerdestelle, deren Schalter nie geschlossen hat, die Hotline ohne Warteschleife – und noch dazu gebührenfrei. Schon Arthur Schnitzler vermerkte 1880 im Tagebuch über das «Scribieren», das er sich nun einmal angewöhnt habe, es sei ein wohltuendes Gefühl, «mit wem zu plaudern, der einem nicht widersprechen kann».

Heute zu Tisch mit der Geheimrätin

Nicht jeder Mensch, der ein Tagebuch führt, muß indessen ein Pankrazscher Schmoller, eine Mimose oder ein Griesgram sein – wobei Mimosentum sicher hilft. Positiv gewendet: eine erhöhte Aufmerksamkeit für die inneren Regungen und Malaisen.

Ein Idol und literarischer Lehrmeister Kellers stand in seiner Jugend einem Zirkel nahe, der diese erhöhte Aufmerksamkeit für die inneren Regungen zum Kult erhob. Das Idol war Goethe, und der Zirkel war der pietistische Kreis um Susanna Katharina von Klettenberg, eine Freundin von Goethes Mutter. Ab 1772 geriet der junge Johann Wolfgang für eine Weile unter ihren Einfluß, wovon das sechste Buch von *Wilhelm Meisters Lehrjahren* Zeugnis gibt. Es trägt den Titel *Die Bekenntnisse einer schönen Seele*, und der Name war Programm. Schöne, gründlich ausgekehrte Seelen, darum ging es im Pietismus Herrnhuterscher Prägung, den die Klettenberg vertrat. Was diesen Pietismus auszeichnete, war die fast hypochondrische Innenschau, das sorgenvolle Abtasten jeder einzelnen Herzfaser, das Hin- und Herwenden aller Seelenkrümel, unter denen sich womöglich ein sündiger befand. Diese Geisteshaltung, dieses religiöse Temperament sind dem Tagebuchschreiben äußerst günstig – wir werden es auch bei den modernen Autoren feststellen. Goethe freilich löste sich bald von den Schönen Seelen und der Unsichtbaren Kirche, die sie errichtet haben wollten. In seinen Memoiren *Dichtung und Wahrheit* bedenkt er die «Stillen im Lande», wie sie sich nannten, nur noch mit sanftem Spott. Er war weitergewandert und hatte sich von den Seelenzerkrümlern entfernt. Die Nachfolger der Pietisten sind heute übrigens die Psychoanalytiker.

Das Tagebuch, das Goethe führte, ist denn auch der sprechende Beleg für seinen Anti-Pietismus. Es ist kein übliches Tagebuch. Keine Spur von Innenschau, von Beschwerdefreude, von Schmollwinkelei oder Sündengram. Nur dem jungen Goethe, erst seit kurzem Berater des Herzogs in Weimar und mit Pflichten überhäuft, entfährt noch ab und zu ein Seufzer. Als am 5. Juli 1779 in Apolda über

Nacht ein großes Feuer ausbricht, muß er am nächsten Morgen den Brand inspizieren und wird «den ganzen Tag gebraten und gesotten».

> Die Augen brennen mich von der Glut und dem Rauch und die Fußsohlen schmerzen mich.
> Das Elend wird mir nach und nach so prosaisch wie ein Kaminfeuer. Aber ich lasse doch nicht ab von meinen Gedancken und ringe mit dem unerkannten Engel sollt ich mir die Hüfte ausrenken. Es weiß kein Mensch was ich thue und mit wieviel Feinden ich kämpfe um das wenige hervorzubringen. Bey meinem Streben und Streiten und Bemühen bitt ich euch nicht zu lachen, zuschauende Götter. Allenfalls lächeln mögt ihr, und mir beystehen.

Beigestanden sind sie ihm dann, und sein späteres Tagebuch verzichtet auf weitere Klagen und Fürbitten. Es sind eher Notiz- als Tagebücher, von größter Nüchternheit, dürre Terminkalender, in denen die Verrichtungen des Alltags festgehalten werden und das gemeinsame Mittagessen mit der Frau als «heute zu Tisch mit der Geheimrätin» firmiert.

Das klingt nun allerdings zeremoniöser, als es gemeint war. Der Grund für diese überformelle Benennung des Bettschatzes, wie er seine Frau Christiane Vulpius sonst gerne nannte, war ein einfacher: Goethe hat sein Tagebuch später meistens diktiert. Der Schreiber sollte nicht Zeuge von Intimitäten werden, darum hieß der Sohn August irgendwann einfach «Kammerrat Goethe».

Das Lektürevergnügen der Nachwelt ist entsprechend begrenzt. Vergnüglicher blättert es sich da in den Tagebüchern der Goethe-Feinde. Bei dem frühverstorbenen schwäbischen Schriftsteller Wilhelm Waiblinger, einem Freund Eduard Mörikes und Hölderlins, findet sich etwa der knappe Vorsatz: «Man sollte Goethen aus der Welt schaffen.» Und Waiblinger erklärt, warum er sich nicht selbst an die Aufgabe macht: «Wenn ich nicht zu eigenliebig wäre, und die Überzeugung mich nicht festhielte, ich könnte einmal etwas leisten, so würd ichs thun. Es wäre dann die That einer großartigen Verzweiflung.»

Der Auslöser dieser Verzweiflung war ein untypischer Vertreter des Tagebuchs. Als Dokumente der Selbsterkundung viel typischer sind die Tagebücher der späteren Generation, vor allem die Platens und Hebbels. Aber ein besonderes Tagebuch führte auch eine jüngere Zeitgenossin Goethes, die dem Alten viel liberaler gegenüberstand.

Leben wir nur noch ein paar Katasträphchen weiter

Dabei hätte gerade sie Grund gehabt für Ressentiment, wenn sie den Anfang von *Dichtung und Wahrheit* mit ihrem eigenen Leben verglich. Goethe weist zu Beginn seiner Lebenserzählung nicht ohne Feierlichkeit auf die glückliche Konstellation bei seiner Geburtsstunde hin:

> die Sonne stand im Zeichen der Jungfrau, und kulminierte für den Tag; Jupiter und Venus blickten sie freundlich an, Merkur nicht widerwärtig; Saturn und Mars verhielten sich gleichgültig: nur der Mond, der soeben voll ward, übte die Kraft seines Gegenscheins um so mehr, als zugleich seine Planetenstunde eingetreten war. Er widersetzte sich daher meiner Geburt, die nicht eher erfolgen konnte, als bis diese Stunde vorübergegangen.
> Diese guten Aspekten, welche mir die Astrologen in der Folgezeit sehr hoch anzurechnen wußten, mögen wohl Ursache an meiner Erhaltung gewesen sein: denn durch Ungeschicklichkeit der Hebamme kam ich für tot auf die Welt, und nur durch vielfache Bemühungen brachte man es dahin, daß ich das Licht erblickte.

Wie anders die Umstände der Rahel Levin, die 1771 in Berlin als ältestes Kind eines wohlhabenden Juwelenhändlers geboren wird. Bei ihr war es mit der Fast-Totgeburt gerade andersherum. «Wenn meine Mutter gutmütig und hart genug gewesen wäre und sie hätte nur ahnen können, wie ich werden würde», schreibt Rahel nicht ohne Bitterkeit, «so hätte sie mich bei meinem ersten Schrei im hiesigen Staub ersticken sollen.»

Was immer aus ihr werden würde und werden konnte in diesem hiesigen Staub, als Frau und Jüdin war Rahel gleich doppelt inhibiert. Hannah Arendt, ihre erste Biographin, spricht von der «Infamie der Geburt» und von Rahels lebenslangem Versuch, sich als Jüdin in einer fremden Welt zu orientieren – voller Menschenhunger, gierig nach jeder Äußerung, oft taktlos und zudringlich, mit einer Neugier und einem leidenschaftlichen Gespanntsein, das aus den Menschen fast magnetisch die Geheimnisse herausziehe. Erst auf dem Sterbebett, wie ihr Mann überliefert, möchte sie um keinen Preis missen, was «so lange Zeit meines Lebens mir die größte Schmach, das herbste Leid und Unglück war, eine Jüdin geboren zu sein».

Nach dem Tod des Vaters, den sie schon mit neun Jahren verliert, war Rahel vom zweifelhaften Großmut ihrer Brüder abhängig. Sie war «nicht reich, nicht gebildet und nicht schön», wie ihre Biographin zusammenfaßt, und hatte nichts als ihren Geist. Der Beruf der freien Schriftstellerin war für sie nicht vorgesehen. Ihre literarische Hinterlassenschaft sind Tagebücher und Briefe, ihr Genius war das Gespräch. Rahels Witz war funkelnd genug, die gesamte deutsche Romantik in ihre Dachstube in der Jägerstraße zu locken, wo sie ab 1790 nicht Hof, aber Salon hielt – Minister, Gesandte, berühmte Schauspielerinnen, die Brüder Humboldt, die sie nicht mochten, Friedrich Schlegel, Schleiermacher, Brentano, Chamisso, die Brüder Tieck sprachen vor; selbst Jean Paul, kein Salonlöwe von Natur, ließ sich sehen. 1795 traf sie in Karlsbad zum ersten Mal Goethe, und anders als einige ihrer Gäste schmälte sie ihn nicht. Als 1806 Napoléons Truppen in Berlin einziehen, zerfällt der Kreis, Rahel verläßt die Wohnung im Streit mit der Mutter, die nach der Entbindung verabsäumt hatte, sie zu ersticken. Acht Jahre später läßt Rahel sich taufen und heiratet den vierzehn Jahre jüngeren preußischen Historiker, Diplomaten und Diaristen Karl August Varnhagen von Ense, der sich als Offizier im Befreiungskrieg gegen Napoléon Meriten erwerben, Rahel auf seinem Weg nach oben mitnehmen und als ihr Dauer-Propagandist ihren Nachruhm sichern wird.

Rahel Varnhagen von Ense, wie sie jetzt zu ihrer großen Erleichterung heißt – davor hatte sie den Familiennamen Robert angenommen –, wird aus Berlin heraus- und überhaupt herumgeschleudert.

> Oh! Arme Erde! Wie unsicher geht es uns auf dir. Wir kommen ohne Einwilligung; gehen, ohne zu wissen, wann! und werden in der Zwischenzeit hin und her geschickt. Von Metternichs, Hardenbergs, Wellingtons; Königen, Armut, Irrtümern, falschen Hoffnungen und Plänen, und alle den maskierten Strebungen, die man ungefähr nennt!

1819 wieder zurück in Berlin, eröffnet Rahel in der Mauerstraße ihren zweiten Salon, in dem alsbald neben den Mendelssohns auch Ludwig Börne und Heinrich Heine verkehren, um ihren Esprit an dem der Hausherrin zu wetzen; wie man vermuten darf, unter beträchtlichem Funkenflug. Auch der Fürst von Pückler-Muskau tritt auf, der schon weitgereist war und die Gärten Englands inspiziert hatte; fünf Jahre zuvor hatte er sogar einen Aufstieg mit dem Freiballon erprobt.

Ein solcher in die Höhen aufsteigender Freiballon war Rahel Varnhagen immer verwehrt. Worin sie wenigstens einen, wenn auch makabren Vorteil sah. Seit ein paar Tagen habe der Gedanke des *Sterbens* für sie durch einen neuen Einfall etwas Unterhaltendes gewonnen. Es sei ihr nämlich ganz klargeworden, «daß wir doch plötzlich aus diesem Lebensverhältnis mit all seinen Klemmungen herauskommen und in dieser Hinsicht uns ganz nobel befinden werden».

In dieser Hinsicht immerhin nobel – wenn auch leider tot. Ebendiese Klemmungen aber waren es, über die Rahel Varnhagen in ihren privaten Aufzeichnungen immer wieder nachdenkt und die nicht wenig damit zu tun hatten, daß sie nicht als Jude, sondern als Jüdin geboren war.

> Daß in Europa Männer und Weiber zwei verschiedene Nationen sind, ist hart. Die einen sittlich, die anderen nicht; das geht nimmermehr!

Selbst wenn eine Frau sich als Schriftstellerin durchsetzen konnte, blieb sie doch immer noch eine ängstliche Frau. Madame de Staël verlasse die Angst nicht, daß Weiber von schriftstellerischem Talent nicht könnten weiblich gefunden werden oder ihre Werke doch nicht so hoch zu stellen seien als die der Männer:

> Arme Furcht! ein Buch muß gut sein, und wenn es eine Maus geschrieben hat, und wird dadurch nicht besser, wenn sein Autor Engelsflügel an den Schultern trägt!

Nicht, daß diese Gefahr bei den meisten Männern drohte – aber sehr richtig bemerkt. Der Geist, der sich in Rahels Tagebüchern zeigt, ist in Dingen des Lebens ebenso illusionslos wie in solchen der Kunst. Daß sie mit philosophischem Blick und männlichem Mut in alle Verhältnisse des Lebens eindringe, bestätigt ihr keine geringere als Johanna

Schopenhauer, die Mutter des Philosophen, dessen Hauptwerk im Jahr von Rahels zweiter Saloneröffnung erscheint. Rahel hätte darin einiges wiedererkannt. Und ginge der folgende Passus aus ihrem Tagebuch nicht fast unbemerkt auf einer Seite der *Welt als Wille und Vorstellung* durch?

> So wie kein Dichter sich ausdenken kann, was besser, mannigfaltiger und sonderbarer wäre, als was sich wirklich in der Welt entwickelt und zuträgt, und nur der den besten Roman machen kann, welcher Kraft genug hat, zu sehen und in seiner Seele auseinanderzuhalten: ebenso sind unsere tief natürlichsten Wünsche roh; und greuelhaft entwickelt sich ihre Erfüllung […]

Als scharfe Psychologin zeigt Rahel Varnhagen sich auch in ihrem sezierenden Blick auf das Motivgeschling der Liebe oder Liebespolitik. Man beachte immer noch nicht genug, wieviel die Neigungen der Menschen untereinander in den größten und geheimsten Welthändeln bewirkten, störten und erzeugten – und jetzt die Volte, die sie als Nachfahrin eines französischen *moraliste* ausweist:

> noch weniger aber beachtet man, wie Liebesverhältnisse durch Ehrgeiz, Staatsverhältnisse, Stellung der Gesellschaft überhaupt, modifiziert, sogar öfters nur allein begründet werden.

Was nun den Ehrgeiz und die Stellung in der Gesellschaft betrifft: Johanna Schopenhauer, die in Wahrheit neidisch auf Rahels Salonkünste war und ihr darin nacheifern wollte, übertraf die Konkurrentin nur in einem Punkt. Ihr Salon war in Weimar, wo sie Goethe noch glühender umwerben konnte, als es Rahel in Berlin möglich war.

Auch das Ehepaar Varnhagen machte allerdings noch regelmäßig Besuch beim Hausherrn des Frauenplan. Anders als die Romantiker fand Rahel es nicht irgendwann *à la mode*, auf den großen Mann zu pesten. Er war ihr in ihrem unsteten, getriebenen Leben immer ein Vorbild und Ruhepol.

> Bei jedem Schritt im Leben, bei jeder neuen Ecke, um die man in seiner eigenen Seele herumkommt, wird einem etwas anderes von Goethe merkwürdig und klar.

Großes, generöses Wort einer Frau, die den Verehrten um genau ein Jahr überlebte und das Pech hatte, zwei Jahrhunderte zu früh auf der Welt zu erscheinen. Hundertfünfzig hätten nicht genügt, dann wäre sie in die Generation Anne Franks geboren.

Unbeschreibliche Leere ohne Knöbel

Doch zurück zu den Verächtern des Weimarer Granden. Der 1796 geborene Lyriker August Graf von Platen, der mit nur neununddreißig Jahren im italienischen Exil verstarb, die «Tulpe des deutschen Dichtergartens», laut der Gedenktafel an seinem Ansbacher Geburtshaus, stand insofern im Lager Waiblingers, als auch er sich ausdrücklich gegen Goethe wandte. Nach seiner Lektüre der *Confessions* notierte Platen: «Nur durch diesen letzten Grund von Aufrichtigkeit kann eine Selbstbiographie interessant werden. Wollte Gott, es hätten uns alle großen Männer statt einer ›Wahrheit und Dichtung‹ eine Beichte hinterlassen wie Rousseau.»

Die Spitze ist typisch für den gewandelten Zeitgeist. In diesem Sinn der Rousseauschen rückhaltlosen Beichte begann Platen mit sechzehn sein Tagebuch. Ihm vertraute er all seine inneren Regungen an, wovon es in dieser Zeit viele heftige gab. Insbesondere sein, wie man es heute nennen würde, *Coming out* fand dort seinen Widerhall. Der junge Mann weiß selbst nicht recht, wie ihm geschieht. Er berichtet von «mancherlei Stürmen» in seinem Herzen und ermahnt sich, nachdem er so detailliert von seiner äußeren Umgebung gesprochen habe, dürfe er nicht verschweigen, was in seinem Innern vorgehe. Man hört gleichsam, wie er sich an dieser Stelle räuspert. Es werde ihm schwer, einer «seltenen Torheit» zu gedenken, die ihm soviel fruchtlosen Gram verursache, «aber die Aufrichtigkeit verbeut, sie zu umgehen».

> Ich wollte Liebe; aber ich hatte bisher nur die Sehnsucht nach Freundschaft gefühlt. Weiber sah ich keine, als jene affektierte Klasse, die nach Hof kam. Sie konnte mich nicht anziehen. So mag es gekommen sein, daß meine erste wärmere Neigung einem Manne galt.

Damit ist es heraus. Platen liebte nicht die Weiber, sondern einen Mann. Dieses Thema wird das Tagebuch fortan dominieren. Es war für Platen – neben der Lyrik – das einzige Gefäß, in das er seinen Sorgen- und Leidensschwall ergießen konnte. Die Entlastungsfunktion des Tagebuchs liegt bei ihm auf der Hand. Wenigstens im Geheimbuch soll die Liebe, die ihren Namen nicht nennen darf, sich offen aussprechen. Was der Entlastung dient, gewinnt aber zugleich literarischen Rang. Dieser Rang verdankt sich dem Ethos der Wahrheit. Er habe nie etwas Gutes gemacht, schreibt Platen in jungen Jahren, doch wenn je etwas Ersprießliches aus seiner Feder geflossen sei und fließen werde, so seien es seine Diarien, die immer einen gewissen Wert behalten würden, wenn sie auch von dem unbedeutendsten Menschen handelten, da sie *aufrichtig* seien und seine Entwicklung deutlich entfalteten. Aus diesem Grund will er die potentiell belastenden Tagebücher auch nicht später beseitigen. Er könnte zwar alle diese Blätter vernichten, führt er sich einmal vor Augen, allein dann verlöre er auch den größten Teil des Verdienstes einer «aufrichtigen Selbstschilderung».

Einen kleinen Schutzfilter immerhin baut Platen ein bei seiner rückhaltlosen Konfession: Er verfaßt sie auf Französisch. Das ist nicht geradezu verschlüsselt, aber es rückt das Intime doch auf Distanz – so wie es ihm Thomas Mann im *Zauberberg* nachmachen wird. Dort legt Hans Castorp sein ungestümes Liebesgeständnis vor der Russin Madame Chauchat auch auf Französisch ab, denn für ihn gilt «parler français, c'est parler sans parler, en quelque manière». Manches Peinliche läßt sich in der fremden Sprache leichter ausdrücken. E.T.A. Hoffmann schrieb viele Sätze im Tagebuch in griechischen Buchstaben. James Boswell hatte es auch so gehalten, was ihm allerdings nichts half: Seiner Frau gelang die Entzifferung, und Boswells amouröse Fehltritte flogen auf. Auch Samuel Pepys, wie erwähnt, verschlüsselte seine Tagebücher, zum Glück so leicht, daß die Nachwelt keinen Bletchley Park und keinen Alan Turing für die Decodierung brauchte.

Französisches Liebes- und Klagegestammel gab es nun auch beim armen Platen, den sein Konkurrent Heinrich

Heine in den *Bädern von Lucca* später öffentlich outete, als Rache dafür, daß Platen zuvor mit Blick auf ihn auf der antisemitischen Klaviatur geklimpert hatte ... Die berüchtigtste deutsche Literaturfehde und eine häßliche Geschichte bis heute, in der sich der eine Außenseiter mit Gift und Galle gegen den andern wendet. Platen zog es nach dieser Attacke vor, seinen Studienaufenthalt in Rom zu verlängern. Er pendelte zwischen Rom und Neapel, kam nur noch zweimal kurz in seine Heimat zurück, verfiel dem Trunk und starb, vor der Cholera fliehend, in Syrakus an einer Kolik. Weil es auf Sizilien keine protestantischen Friedhöfe gab, fand er seine letzte Ruhe im Garten einer Privatvilla.

Sein eigentliches Lebenselend nahm früh seinen Lauf. So sei er denn, schreibt er im Tagebuch, ausgeschlossen von der Zahl jener Glücklichen, die durch Mitgefühl und Freundschaft ein Leben voll Wonne genössen. Warum mußte ihn jener Mann mit gewaltigen Banden fesseln, der heute oder morgen dies Land verlasse? Und es folgt ein klagendes Rondo:

> Ich kann nicht ohne ihn sein. Ich fühle eine unbeschreibliche Leere. O Wohlthat seines Anblicks, der mir nur selten zu teil geworden, o unabsehbare Reihe von Tagen, die ich ohne ihn werde verleben müssen! Und gezwungen sein, sich so

> hinzuschleppen; im Gefühle des Elends so auszudauern und an nichts eine Nahrung des Geistes oder Herzens zu finden! Ich kann nicht ohne ihn sein.

Zehn Jahre und viele unglückliche Romanzen später folgt der Tiefpunkt, der seelische Absturz. Der junge Freund, den Platen anbetet, trägt den unromantischen Namen Knöbel. Dieser Knöbel beschert dem Grafen die furchtbare Erkenntnis des Für-immer-Ausgeschlossenseins.

> Ich habe heute das Fürchterlichste meines Lebens erfahren. Der Abgrund, an dem ich seit Jahren schwindle, hat sich noch einmal mit gräßlicher Tiefe vor mir aufgethan. Knöbel, gegen den ich, ich darf wohl sagen, die reinste, die innigste Liebe empfand, sagte mir heute mit wenigen dürren Worten, daß ich ihm lästig sei, daß ich ihm meine Freundschaft habe aufdringen wollen, daß ich jedoch meine Rechnung ohne den Wirt gemacht habe, daß er nicht die mindeste Neigung für mich empfinde, und daß ich ihn so bald als möglich verlassen solle. Ja, dies waren vielleicht noch seine mildesten Ausdrücke. Ich sage nichts über das Nähere; denn was wäre hier noch zu sagen, nachdem dieses gesagt ist? Genug, daß ich den Tod in der Seele trage. […] Ich werde einige Tage auf dem Lande zubringen; aber in welcher

> Stimmung gehe ich dahin! Es ist nicht Knöbels Verlust allein, es ist die ungeheure Gewißheit, daß mich die Natur bestimmt hat, unglücksselig zu sein.

Das Unglück oder doch das Problematische scheint fast zum Diarismus zu gehören: Der glücklich im Augenblick Verweilende hat das Tagebuch nicht nötig. Das trifft auch auf die Tagebücher zu, die in dem Jahr einsetzen, in dem jene des Grafen abbrechen.

Die Karikatur der Ananas

1835, im Todesjahr Platens, begann der Dramatiker Friedrich Hebbel sein Tagebuch, das ihm postum noch größeren Ruhm eintrug als seine Theaterstücke *Judith* oder *Maria Magdalena*. Gottfried Benn und Brecht waren begeisterte Leser dieser Diarien, Kafka schätzte sie als eines der Bücher, die «beißen und stechen», und Arthur Schnitzler stellte ihren Verfasser noch über Nietzsche.

Die «Reflexionen über Welt, Leben und Bücher, hauptsächlich aber über mich selbst», wie Hebbel es nannte, entstanden in einer Zeit, in der er keinen anderen Gesprächspartner hatte. Das Tagebuch ersetzte ihm die Zuhörer – kein Wunder, daß es so umfangreich geworden ist. Hebbel war berüchtigt für seine stundenlangen Monologe. Mit erfreulichem Selbstwertgefühl erklärt er gleich zu Beginn der Aufzeichnungen, er lege dieses Heft «nicht allein seinem künftigen Biographen zu Gefallen» an. Die Zuversicht des in Schleswig-Holstein geborenen Maurersohns, der erst durch eine reiche Ehe in Wien den bitterarmen Verhältnissen entkam, die zu seinem Tode im Alter von nur fünfzig Jahren beitrugen, ist erstaunlich. Und ebenso erstaunlich ist das Tage- oder, wie er selbst es nannte, «Notenbuch» seines Herzens, das diejenigen Töne, welche sein Herz angebe, zu seiner Erbauung in künftigen Zeiten aufbewahren sollte.

Man darf sich durch die Rhetorik der Herzenstöne nicht täuschen lassen. Wie schon bei Platens Tagebuch viele Passagen ins Dichterische gleiten und deutlichen Formwillen beweisen, sind Hebbels Aufzeichnungen keineswegs natürlich rinnende Herzensergießungen. Es sind die Hefte eines Dramatikers mit der starken Neigung zum Aphorismus und zur Sentenz. Ein Priester habe den Erzbischof von Paris ermordet, schreibt Hebbel 1857 im Tagebuch und kommentiert: «Scheußlich». In der Kirche während des Amtes. «Scheußlicher». Sein Messer, zu lang, um in die Tasche zu passen, habe der Mörder unter einem großen Blumenstrauß verborgen. «Am Scheußlichsten!»

Man ahnt, daß sich diese Tagebücher aus der Hochzeit des Biedermeier gut zur Blütenlese eignen. Es gibt bei

Hebbel viele hübsche oder nachdenkliche Sätze, die mit «Der Mensch» beginnen und dann etwa ausführen: «Der Mensch hat freien Willen – d. h. er kann einwilligen in's Nothwendige.» Oder: «Der Mensch will brutto geliebt werden, nicht netto.» Oder auch: «Der Mensch ist ein Blinder, der vom Sehen träumt.»

Sätze dieses Kalibers – eher etwas fürs Poesiealbum und jedenfalls nicht typisch fürs Tagebuch. Anders als der eigene Vorsatz es angibt, beschäftigen sich Hebbels Hefte gerade nicht mit privatem Seelenkrimskrams. Sie sind ein Werkstattbuch in der Schule des großen Aufklärers Georg Christoph Lichtenberg, voller Witz und Beobachtung, ein Traumtagebuch und ein Reservoir von komischen Geschichten. «Ein Pferd wird beschlagen; als der Schmied fertig ist, reckt auch der Frosch seinen Schenkel hin. (Serbisches Sprichwort)». Oder:

> Gewitter-Ableiter. Kaiser Augustus führte als Schutz gegen den Blitz immer die Haut eines See-Kalbes mit sich, Tiberius setzte sich einen Lorbeer-Kranz auf und die Montespan nahm ein Kind auf den Arm.

Solche Details schüttelte Hebbel aus dem Ärmel, er war für sein Gedächtnis berühmt. Sein Sinn für die Analogie, für die Ähnlichkeit, stand diesem Gedächtnis nicht nach. Es bedurfte eines Hebbel für die schöne Beobachtung: «Der Tannzapfen ist die Karikatur der Ananas.» Und es bedurfte geradezu prophetischer Gaben, um 1848 und lange vor Stalin und Pol Pot vorherzusagen, der Communismus könne momentan siegen und sich so lange behaupten, bis er alle seine Schrecknisse entfaltet und «die Menschheit mit einem für alle Zeiten ausreichenden Abscheu getränkt» habe.

Dennoch, bei allem Pointengewitter und wetterleuchtendem Witz ist der Grundton bei Hebbel ein hochfahrend leidender. «Daß die Schmerzen mit einander abwechseln», heißt es einmal bei ihm, «macht das Leben erträglich.» Ein solcher Satz weist auf den Basso continuo einer Existenz, die, wenn auch auf ganz andere Art, kaum weniger unglücklich gewesen sein dürfte als die des Grafen August von Platen.

Furchtbares, ja Tötliches kann geschehen

Von beiden, dem Dramatiker und dem großen Lyriker, ziehen sich zarte Verbindungsfäden zu dem hanseatischen Patriziersohn, der zwölf Jahre nach Hebbels Tod im Jahr 1875 geboren wurde. Er wird einer der großen deutschsprachigen Diaristen des 20. Jahrhunderts. Und er wird es auch sein, der uns die ausführlichste Antwort auf die Frage liefert, warum man überhaupt ein Tagebuch führt.

Die Lyrik Platens liebte er tief. «Wer die Schönheit angeschaut mit Augen / Ist dem Tode schon anheimgegeben» – diese Verse aus dem *Tristan*-Gedicht waren geradezu das Leitmotiv seines Werks. Und um sein Tagebuch, das er ein Leben lang führte, hatte er einen Moment lang ähnliche Sorgen wie Hebbel. In dessen Tagebüchern gibt es eine Unterbrechung, die sich der Angst vor Hausdurchsuchungen verdankt. Hebbel lebte in einer politischen Umbruchzeit. 1848 war die Revolution gescheitert, der Wind, der seither wehte, war schneidend streng. Als Sympathisant der Demokratie fürchtete Hebbel, seine Aufzeichnungen könnten in die Hände der Obrigkeit geraten. 1852 erklärt er im Tagebuch, er habe nur deshalb diese Blätter nicht beschrieben, weil er das Buch fast das ganze Jahr lang im Koffer verschlossen habe. Man höre so viel von Haussuchungen, selbst bei den unverdächtigsten Personen, daß es niemanden gebe, der sich für vollkommen gesichert gegen eine Papierdurchstöberung halten könne. Und lieber wolle er seine Gedanken einbüßen, als sich in seiner aphoristischen Unterhaltung mit sich selbst belauschen zu lassen.

Falls Thomas Mann diese Stelle gesehen hat, wird er sich darin wiedererkannt haben. Er war nämlich in eine ähnliche Lage geraten. Als sich im Frühjahr 1933 die Ereignisse überstürzten und er bei einer Vortragsreise in der Schweiz dringend vor der Rückreise gewarnt wurde, galt seine erste Angst einer Anzahl von Wachstuchheften, die er in seinem Münchener Schließschrank verschlossen hatte. Anfang April notiert er:

> Mit Haussuchung zu rechnen. Neue Beunruhigung wegen meiner alten Tagebücher. Bedürfnis sie in Sicherheit zu bringen.

Thomas Mann schickte seinen Sohn Golo nach München, wo er die Tagebücher unauffällig aus der Wohnung bergen und ins Schweizer Exil schicken sollte. Der freundliche Chauffeur, der das Paket aufgeben wollte, war jedoch ein Spitzel und erstattete Anzeige bei der politischen Polizei. Die geheimen Aufzeichnungen waren in die Hände der neuen Machthaber gefallen. Thomas Manns Unruhe wuchs Woche um Woche. Auf dem Höhepunkt seiner Ängste notierte er:

> Meine Befürchtungen gelten jetzt in erster Linie u. fast ausschließlich diesem Anschlage gegen die Geheimnisse meines Lebens. Sie sind schwer und tief. Furchtbares, ja Tötliches kann geschehen.

Mit anderen Worten: Für den Fall einer propagandistischen Ausschlachtung seiner Tagebücher durch die Nazis fürchtete er offenbar, so sehr in die Enge getrieben zu werden, daß ihm nur noch die Flucht in den Freitod bliebe. Zum Glück waren die Beamten zu dumm, um zu begreifen, welcher Schatz ihnen in die Hände gefallen war. Sie durchsuchten das Paket, das sie an der Grenze abgefangen hatten, nur nach Verlagsverträgen. Die Wachstuchhefte hielten sie für Romanentwürfe. Am 2. Mai erreicht Thomas Mann die Entwarnung. Der Koffer mit den Tagebüchern war sicher in Lugano angelandet.

> Bedeutende u. tiefe Erleichterung. Das Gefühl, einer großen, ja unaussprechlichen Gefahr entgangen zu sein, die vielleicht keinen Augenblick bestanden hat.

Was genau die Geheimschriften enthüllt hätten, ist unbekannt; die frühen Tagebücher hat Thomas Mann später vernichtet. Mit der Beseitigung belastender Schriften folgte er dabei einem geübten Verfahren. Schon bei den ganz frühen Tagebüchern hatte es Autodafés gegeben. Im Jahr 1896 – da war er einundzwanzig – hatte er seinem Freund Otto Grautoff geschrieben, er habe es dieser Tage bei sich ganz besonders warm. Er verbrenne nämlich seine sämtlichen Tagebücher. Warum?

> Weil sie mir lästig waren; räumlich und auch sonst… Du findest es schade? – Aber wo sollte ich sie auf Dauer lassen, z. B. wenn ich für lange Zeit verreise? Oder wenn ich plötzlich sanft hinüberschlummerte? Es wurde mir peinlich und unbequem, eine solche Masse von geheimen – *sehr* geheimen Schriften

> liegen zu haben. […] Ich empfehle dir, eine ähnliche Säuberung vorzunehmen. Mir hat sie ordentlich wohl gethan. Man ist die Vergangenheit förmlich los und lebt nun wohlgemuth und unbedenklich in der Gegenwart und in die Zukunft hinein.

Was den jungen Mann nicht daran hinderte, die Unsitte des Tagebuchschreibens bald wieder aufzunehmen. Ein Grund dafür dürfte sein, daß es ihm bis zu seinem sanften Hinüberschlummern, das noch sechzig Jahre vor ihm lag, nicht gegeben sein sollte, wohlgemut und unbedenklich in der Gegenwart zu leben – nein, unpassendere Adjektive sind diesem Autor selten unterlaufen.

Sehr geheime Schriften? Eben weil er seine späteren Tagebücher nicht verbrannte, liegen diese Geheimnisse heute zumindest teilweise offen. Es kann kaum einen anderen Grund dafür geben, daß er auch den Jugendvertrauten drängt, seinem Beispiel zu folgen und das Streichholz zu zücken, als kompromittierende Stellen über beider erotische Inklination.

Aber war das wirklich, was er meinte, als er 1933 von dem Anschlage gegen die Geheimnisse seines Lebens schrieb? War es nur die Sorge um die Enthüllung seiner Vorliebe fürs Jungmännliche? Die hatte doch jeder halbwegs geübte Leser schon dem *Tod in Venedig* entnehmen können. Oder gab es noch tiefere Geheimnisse? Deutet das

Werk Thomas Manns sie an, durch das sich eine mal stärker, mal dünner laufende Blutspur zieht? Und was meinte Thomas Manns Tochter Erika genau, wenn sie von dem «Blaubartzimmer» im Lebensbau ihres Vaters sprach?

Es ist hier nicht der Ort, dieser etwas unheimlichen Frage noch einmal nachzugehen. Sicher ist, daß Thomas Mann mit der Vernichtung der frühen Tagebücher alle Antworten ins Schattenreich der Spekulation verwies.

«Jessas, den Namen kenn' ich!»

Auch bei den späteren Wachstuchheften stand es einen Moment lang Spitz auf Knopf. Wieder spielte Thomas Mann mit dem Gedanken, seine geheimen Aufzeichnungen zu verbrennen. «Warum schreibe ich das alles?» vermerkt er im Tagebuch. «Um es noch rechtzeitig vor meinem Tode zu vernichten? Oder wünsche [ich], daß die Welt mich kenne?»

Das eben war die Frage. Thomas Mann entschied sich, seine Tagebücher auf die Nachwelt kommen zu lassen. Die Verszeile August von Platens, die er anklingen läßt: *Es kenne mich die Welt, damit sie mir verzeihe,* mag den Ausschlag gegeben haben. Thomas Mann versiegelte die Hefte, die mit Ausnahme eines Bandes nicht vor das Jahr

1933 zurückreichen, und versah sie mit einer Sperrfrist von zunächst 25 Jahren, die er später auf 20 reduzierte. Wahrscheinlich dachte er, seine Frau Katia ruhe dann schon in ewigem Frieden, schätzte ihre Robustheit aber zu kleinmütig ein. Katia wurde fast hundert und lebte noch, als die ersten Bände veröffentlicht wurden. Der Sohn Michael, der an ihrer Edition mitwirkte, las darin wenig Erfreuliches über sich. Man nimmt an, daß sein Freitod kurz darauf zumindest indirekt mit dieser Lektüre zusammenhängt.

Auch für andere Leser war sie nicht der reine Genuß. Viele Thomas-Mann-Verehrer waren abgestoßen von dem kühlen narzißtischen Charakter, der sich in diesem Dokument enthüllte – kühl, wenn es nicht gerade ums Jungmännliche ging, dann stieg der Ton ins Enthusiastische. Dieser zagende, zaudernde, selbstzentrierte Melancholiker sollte ihr moderner Olympier sein? Jemand, der im Tagebuch notiert, daß er seelisch und körperlich darunter leide, daß Nr. 4 aller Unterkleidung ihm zu klein, Nr. 5 ihm aber zu groß sei, wie es unter dem Eintrag vom 20. November 1921 wörtlich heißt?

Nun, an seelischem und körperlichem Leid herrscht in diesen Tagebüchern kein Mangel. Und anders als die Tagebücher Platens sind sie auch ohne jeden Willen zur Form – «without literary value», wie Thomas Mann auf das versiegelte Paket geschrieben hatte. Sie halten überwiegend die banalen Vorgänge des Tages fest und stehen eher in der Tradition der Goetheschen Chronik als in der rousseauistischen der Seelenergießung. Ein paar zufällig herausgegriffene Proben:

> Kaufte danach beim Konditor Pralinees und aß eine Schaumrolle für 1 Mark 75. (21. 3. 21)
> Zu viel zum Thee gegessen; überladener Magen. Briefe geschrieben bis halb 8, dann noch etwas hinausgegangen zu Tiefatmungen. Feindseliges Nervositätsverhältnis zwischen dem Hunde Sambar und mir. Abendessen von Rühreiern und Spinat, den Frau P. sehr gut, mit Zusatz von Rahm und Eidotter bereitet. Bis 10 Uhr musiziert. Ließ die Arie des José 3mal spielen, indem ich den Text nachlas. Die Empfindung darin sehr stark. (4.5.21)
> Ein geschlechtlicher Anfall gestern, einige Zeit nach Schlafengehen, hatte sehr schwere nervöse Folgen: Große Erregung, Angst, andauernde Schlaflosigkeit, ein Versagen des Magens in Form von Sodbrennen und Übelkeit. (16. 5. 19)

Muß man das wissen? Muß *er* das noch wissen, wenn er es später nachliest? Warum schreibt er das alles?

> Fertigte wieder ein paar Ansichtskarten aus. Ging dann bei aufgehelltem Wetter langsam spazieren. Reizend die zahmen Eichhörnchen an dem nach

> ihnen benannten Weg. Eins kam auf mein Locken und kratzte mir den Handschuh. Traf K., die von der Ski-Wiese zurückkehrte und setzte mit ihr den Spaziergang fort. Nervosität über einen unbequemen Pfad.

Ein weiteres willkürlich herausgegriffenes Beispiel dafür, was auf diesen vielen tausend Seiten ausgebreitet wird, ein Beispiel für den Singsang und Ton. Wenn an dieser Stelle aber ein Geständnis erlaubt ist: Der Verfasser opferte für diese Tagebücher die Hälfte seiner Bibliothek. Der schwer oder gar nicht zu beschreibende Zauber dieser fast durchweg banalen Notate ist unwiderstehlich. Wer in Thomas Manns Tagebüchern blättert und sich nicht festliest –

> Heute bedeckt und kühl. Man hat die Heizung wieder in Gang gesetzt. Telephonarbeiter im Haus, davon einer mit Hasenscharte. (4.10.33) –

wer sich in diesen Tagebüchern nicht festliest und ihrer zarten Komik nicht verfällt, dem kann man gewiß keinen Vorwurf machen; aber das Beste von Thomas Mann hat er verpaßt. Ganz anders als bei Hebbel, der sich gerade in den Tagebüchern stilisiert, ist die Prosa ganz zurückgenommen, ganz ungestelzt und zeigt doch in jeder Zeile einen Autor, der mit der Sprache siamesisch verwachsen ist. Darum hat er sie, wohin er sich auch wenden mag, immer auf seiner Seite. Eine stete Quelle der Komik ist dabei seine beharrliche Fehlschreibung der meisten Namen – so, wenn er 1933 von dem Dirigenten «Fur*ch*twängler» schreibt. Der französische Komponist heißt bei ihm selbstverständlich «Ravelle». Aber noch ein wenig Kammermusik und Singsang mehr:

> Luchs ist ein wenig begabtes, kriecherisches, sentimental-wollüstiges Tier, nicht sehr sympathisch; springt aber über den Stock. (13. 4. 20)
> Ein Buch kam: «Die Auferstehung der Metaphysik» von Dr. P. Wust. Kein glücklicher Name für einen Philosophen. (3. 5. 20)
> W.[alter] stellte mich nach Schluß dem Prinzen Ludwig Ferdinand vor, der «Jessas, den Namen kenn' ich!» krähte und uns in seinem gut nach Leder riechenden Auto nach Hause fuhr. (28. 6. 19)
> Merkwürdig die Äußerung Suhrkamps, des Redakteurs der Rundschau, die Sache werde mit der Aufteilung Deutschlands enden. (6. 9. 33)

Wer sagt, nach Hebbel gäbe es keine Propheten? Aber wir müssen es dabei bewenden lassen, so reizvoll die Zitatenlese bei Tommy immer wieder ist. Schließlich gilt es zwei Fragen zu beantworten: Warum schreiben die das alles? Und warum lesen wir es so gern?

Eiche der Gelehrsamkeit: Gustav René Hocke

Womit es Zeit für ein zweites kleines Geständnis wird. Die Frage, warum man Tagebücher schreibe, hat bereits einen Bearbeiter gefunden, mit dem man besser nicht konkurriert. Es gibt ein knapp tausendseitiges Werk, das sich ausschließlich den europäischen Tagebüchern widmet, eine Pionierstudie, ein Klassiker der Philologie: Gustav René Hockes 1978 veröffentlichte Schrift *Europäische Tagebücher aus vier Jahrhunderten*. Im Schatten dieser knorrigen Eiche kann eine schmächtige Studie sich nur verstecken. Hocke hat alle Tagebücher zu Rate gezogen, die überhaupt greifbar waren, und sie in zehn Kapiteln unter Gesichtspunkten wie «Selbst- und Weltbeobachtung», «Steigerung und Auflösung der Person» oder «Chronik des Absoluten» geordnet, ohne dabei etwa das Kapitel «Liebe, Erotik, Sexualität» zu unterschlagen, welches sich in instruktive Unterkapitel wie «Ideal, Angst und Versagen» oder «Androgyne Verwirrung» auffächert.

Die Leitfrage, die sich der Gelehrte zu Beginn seiner Untersuchung stellt, ist die gleiche wie unsere: Was sind die Antriebe fürs Tagebuchschreiben? Ganz allgemein gesprochen, sieht Hocke zwei religiös-ethische Forderungen der griechischen Antike fortwirken: das «Erkenne dich selbst» und die Aufforderung «Werde, der du bist». Letztlich seien es Sokrates, Platon und Aristoteles gewesen, denen sich die Literatur der Selbsterkenntnis in Europa verdankt.

Mit dieser Prämisse schreitet Hocke durch die kommenden Epochen. In der Moderne angekommen, zitiert er die Begründung Oscar Wildes fürs Schreiben eines Tagebuchs: Der Mensch neige dazu, sich im Rückblick zu betrügen; ein Tagebuch zu führen sei darum die einzige Möglichkeit, die Erinnerung unverfälscht zu erhalten. Darum eben könne und müsse alles darin seinen Platz finden: ein alltäglicher Besuch und eine Verdauungsstörung, die erste Idee zu einer geistigen Arbeit, das Mischen eines Schlaftrunks für die Nacht, eine Taufe genauso wie ein Diebstahl, ein Todesfall ebenso wie ein Spaziergang.

Wilde hat natürlich Recht, was die nachträgliche Verfälschung der Erinnerung betrifft. Schon Friedrich Nietzsche hatte es in einen Aphorismus gefaßt:

> «Das habe ich getan», sagt mein Gedächtnis.
> «Das kann ich nicht getan haben», sagt mein
> Stolz und bleibt unerbittlich. Endlich – gibt das
> Gedächtnis nach.

Das gründliche Tagebuch beugt solchen späteren Duellen vor. Das allergründlichste und längste eines solchen alles abdeckenden Tagebuchs stammt von dem Schweizer Henri-Frédéric Amiel. Wer sich auf dieses Textmassiv begeben will, hat nicht weniger als 17 000 Seiten vor sich – vielleicht nicht einmal Gustav René Hocke hat hier jeden einzelnen Gebirgspaß erforscht. (Eine schmale Auswahl hat der Amiel-Verehrer Leo Tolstoi persönlich zusammengestellt).

Warum so exzessiv? Die Gewohnheit kann zur Sucht werden oder zum Zwang. «Keep a journal long enough, and one day it will keep you», hat es am knappsten Mae West formuliert. Über die Gründe für sein penibles Tagebuch hat sich der seit der Mitte des neunzehnten Jahrhunderts in Genf lehrende Professor für Ästhetik selbst Rechenschaft abgelegt. Sie läuft letztlich auf ein Wort hinaus: Einsamkeit. In dieser Einsamkeit war Amiel das Tagebuch sein Zwiegespräch, seine Gesellschaft, sein Gefährte, sein Vertrauter, sein Trost, sein Gedächtnis, sein schmerzstillendes Mittel, sein Echo, der Behälter seiner intimen Erfahrungen, sein psychologischer Wegweiser, sein Schutz gegen das Rosten der Gedanken, sein Vorwand zu leben … auch wenn es ihn manchmal, wie er nicht ohne Witz anfügt, an ein bestimmtes Möbel erinnert, das zugleich ein Schirm, ein Stock und ein Sessel sein solle «und in all diesen Funktionen unbrauchbar».

Viele Gründe jedenfalls für die vielen tausend Seiten. Ein von Amiel übergangener, aber von Hocke ins Auge genommener Grund fehlt allerdings, und er ist einer der wichtigsten. In der Heimlichkeit des Nur-für-sich-Schreibens kann man nicht nur, wie Gottfried Keller, gemütlich vor sich hinschmollen. Man kann auch ungestraft gegen Feinde, Kritiker und selbst das Ehegespons wettern. Hocke führt die Beispiele von Leo Tolstoi, André Gide und Charles Baudelaire auf. Tolstoi tobte gegen seine Frau und überschüttete sie mit Vorwürfen, unter anderem deswegen, weil sie seine Tagebücher, die er ihr anfangs noch freiwillig zeigte, inzwischen heimlich lese – wie sie in den ihrerseits geführten Tagebüchern sogar zugibt. Das Ehedrama im Spiegel dieser Tagebücher ist ein furchtbares – da halfen alle guten Vorsätze in puncto Kartenlegen und Turnen nichts. Es endete damit, daß Tolstoi, bevor er 1910 aus der Ehe in den Tod flüchtete, sein Geheimtagebuch auf kleinen Zetteln führte, die er in seinem Stiefel versteckte.

Rachebäder und Titanismus

Der 1869 in Paris geborene Romancier und Nobelpreisträger André Gide rechnete nicht mit seiner Frau ab, die eher umgekehrt dazu Grund gehabt hätte, teilte er doch die Vorlieben des Grafen von Platen, sondern mit seinen Kollegen. Auch gegen Marcel Proust wird darin zwischen viel Lob zart gestichelt, vor allem gegen seine kleinen grammatischen Schnitzer – den Verfasser der *Suche nach der verlorenen Zeit*, den er einen *grand maître en dissimulation*, einen Meister der Verstellung, nennt, hatte Gide nämlich zunächst verkannt und nur als Snob eingeschätzt.

Der Ahnherr der modernen Lyrik Charles Baudelaire, der 1857 wegen Obszönitäten in seiner Gedichtsammlung *Les Fleurs du Mal* verurteilt wurde, rechnet gleich mit ganz Frankreich ab. Das Buch, von dem er träume, schreibt er aus Belgien an seine Mutter, sei ein Buch des Grolls und der Rachsucht; er habe ein Bedürfnis nach Rache wie ein ermüdeter Mensch nach einem Bad. Ein Grund für dieses Rachebedürfnis mag gewesen sein, daß ihn der Reich-Ranicki seiner Epoche einfach übersehen hatte: der Meister der *lundis* genannten Autorenportraits, der gefürchtete Kritiker Sainte-Beuve. Aber auch Sainte-Beuve führte Tagebuch, und auch er nimmt darin das Baudelairesche Bad. Nicht ohne Grund nannte Sainte-Beuve seine *Cahiers intimes* seine *poisons*, seine Giftkammer und sein Rache-Arsenal.

Undenkbar, daß dergleichen zu Lebzeiten, wenn überhaupt je, ans Licht der Öffentlichkeit drang! Die Giftkammern sollten verschlossen bleiben; die Rachebäder dienten der persönlichen Hygiene, nach Benutzung mochte man sie tunlichst ablassen.

Was zum Glück nicht immer geschah. Ganze fünfundsechzig Jahre mußten verstreichen, bis die hochgeheimen *Journaux intimes* Benjamin Constants entziffert wurden, ein Höhepunkt der Tagebuchliteratur eben darum, weil nie für fremde Augen bestimmt. Unter vielen Verschlüsselungen beschreibt der 1767 in Lausanne geborene Publizist und Staatstheoretiker Constant darin seine Liebschaft mit der Schriftstellerin und Salonlöwin Madame de Staël, mit der er immer im Hader lag und von der er doch ewig nicht loskam. Gerade weil er nicht an postume Leser denkt, gibt Constant sich ganz, wie er ist – ein alles andere als ansprechender Geist, leider, stets unzufrieden, stets kalkulierend, stets auf der Lauer nach Aufstieg; ein Mann, wie Sainte-Beuve später urteilte, *plus distingué qu'heureux et plus intéressant que sage*.

Was vielleicht auch auf einen anderen, von Sainte-Beuve unfehlbar wieder übersehenen Schriftsteller zugetroffen hätte: auf Henri Beyle alias Stendhal, den Verfasser des 1830 veröffentlichten Romans über einen Aufsteiger in der napoleonischen Zeit *Le Rouge et le Noir* und der unsterblichen *Kartause von Parma*. Auch Stendhal ist in seinem Tagebuch vollkommen aufrichtig, auch er legt beträchtlichen Ehrgeiz an den Tag. Anders als sein Vorgänger Constant aber hat er einen ausgeprägten Sinn für Selbstironie. Etwa, wenn er im Tagebuch der Italienreise die Reaktion seiner Kumpane über sein physisches Versagen vor der berühmten Kurtisane Alexandrine schildert, die «ohne ein anderes Kleid als ihre Schönheit» vor ihm erschienen war.

> Das Gelächter währte zwei Minuten; Poitevin wälzte sich auf dem Teppich. Alexandrines maßloses Staunen war unbezahlbar; so etwas war ihr noch nie passiert.

Hocke überliefert die Episode im Unterkapitel «Titanismus, Satanismus und Frivolität».

The Importance of Being Earnest

Die Frage, ob der Diarist bei der Niederschrift auf die Mit- oder Nachwelt schielt, stellt sich immer wieder neu. Das Tagebuch, das in Frankreich im Jahr 1887 eine gewaltige Nachahmungswelle vor allem unter jungen Damen ausgelöst hatte, war von Anfang an auf Veröffentlichung angelegt. Marie Bashkirtseff, eine in Paris lebende Künstlerin aus russischem Landadel, die mit sechsundzwanzig Jahren an Tuberkulose starb, hatte ein halbes Jahr vor ihrem Tod ein Vorwort zu ihrem freizügigen *Journal* verfaßt. Die Mode des veröffentlichten Tagebuchs breitete sich so rapide aus, daß man auch jenseits des Kanals davon Wind bekam. Sieben Jahre nach Bashkirtseffs Tod wurde in London die

Komödie *The Importance of Being Earnest* uraufgeführt, in der sich Oscar Wilde unverkennbar über sie lustig macht. Eine Cecily wird darin gefragt, ob sie wirklich ein Tagebuch führe und ob man einen Blick hineinwerfen dürfe? Oh nein, es seien ja nur Aufzeichnungen über die Gedanken und Eindrücke eines sehr jungen Mädchens, und also für die Publikation bestimmt. Wenn es als Buch erscheine, werde er sich hoffentlich ein Exemplar besorgen.

Wie verändert es ein Tagebuch, wenn man an die Veröffentlichung denkt; und denkt man jemals daran? «Do I ever write, even here, for my own eye?», fragt sich Virginia Woolf im Tagebuch. «If not, for whose eye? An interesting question, rather.»

Eine überhaupt nicht leicht zu beantwortende Frage. Elias Canetti befand dazu strikt, obwohl gerade er ein Mythomane vor dem Herrn: In Tagebüchern spreche man zu sich selbst, wer das nicht könne, «wer eine Zuhörerschaft vor sich sieht, sei es auch eine späte, sei es eine nach seinem Tod, der fälscht».

Die zwingende Folge wäre, daß es alle so halten müßten wie der Arzt Ezra Jennings aus dem *Monddiamant* von Wilkie Collins. Dr. Jennings läßt testamentarisch verfügen, daß sein Tagebuch mit ihm ins Grab gelegt werde. Das ist der radikalste Schritt, aber ein seltener. Auch Canetti ging ihn nicht, traf jedoch die Vorsorge, die schon andere vor ihm getroffen hatte, wenn auch nicht immer mit Erfolg, wenn man an den ertappten Boswell denkt. Canetti verwendet eine abgeänderte Kurzschrift, die «niemand zu entziffern vermöchte, der nicht eine Arbeit von Wochen daran wenden würde». So konnte er aufschreiben, was er wollte, ohne je einem Menschen zu schaden oder wehzutun, «und wenn ich endlich alt und klug geworden bin, beschließen, ob ich es ganz verschwinden lasse oder einem geheimen Ort anvertraue, wo es nur durch Zufall, in einer unschädlichen Zukunft, aufzufinden wäre».

Canetti formuliert damit, was der amerikanische Essayist Joseph Epstein das ideale Tagebuch nennt: Man spricht darin mit sich selbst, ist aber einverstanden, daß andere lauschen, sobald man gestorben ist. So hielt es auch der polnische Autor Witold Gombrowicz, der zwar drei Bände Tagebücher, die von 1953 bis zu seinem Tod 1969 reichen, veröffentlichte, im Vorwort aber schon wissen ließ, es gebe da noch einen privaten Rest. «Ich will keine Schwierigkeiten riskieren. Vielleicht irgendwann … Später.» Dieser intimere, *Kronos* benannte Teil ist fünfundvierzig Jahre nach seinem Tod in einem Krakauer Verlag erschienen; bei der Buchvorstellung war sogar die Witwe anwesend. Sie störte sich nicht daran, daß die Nachwelt aus diesem sekretierten Teil jetzt über die Strichjungen vom Bahnhof Zoo erfuhr, für die sich Gombrowicz offenbar mehr interessiert hatte als für langweilige Besuche bei Günter Grass.

Selbst bei dringendstem Willen zur Ehrlichkeit bleibt eine gewisse Verzerrung beim Tagebuchschreiben nicht aus. Julien Green, dessen Tagebücher es schon vom Umfang her mit denen Amiels aufnehmen können, wollte darin vor allem mehr Klarheit über sich selbst gewinnen. Im Rückblick aber fand er, daß sie einen höchst ungenauen Eindruck von ihm verschafften. Was unter anderem daran liegt, daß die Traurigkeit, wie schon Amiel wußte, eher zur Feder greift als die Fröhlichkeit. Der Tagebuchschreiber erscheint im nachhinein immer melancholischer, als er es in Wirklichkeit war. Auch André Gide erkannte sich später in seinen Tagebüchern kaum wieder.

Von Fälschung kann darum natürlich nicht die Rede sein – wobei auch die vorkommt, zur Empörung der späteren Entdecker. Anaïs Nin, die Kultfigur befreiter weiblicher Sinnlichkeit der späten siebziger Jahre, hatte in ihren veröffentlichten Tagebüchern dramatisch die Umstände ihrer Fehlgeburt beschrieben. In der unzensierten Fassung stellte sich heraus, daß es eine Abtreibung war. Die Leserinnen, die mit ihr mitgetrauert hatten, fühlten sich zu Recht betrogen.

Nicht was die Akkuratesse, aber was das Volumen angeht, wetteifert auch Anaïs Nin mit Amiel. Ihre Tagebücher, neunzig schwarz gebundene, schon zu Lebzeiten in einem Safe aufbewahrte dicke Hefte, umfassen zwischen 15 000 und 30 000 Seiten. Die Chancen, daß sich noch andere Fälschungen darin befinden, sind, vorsichtig ausgedrückt, hoch. Anaïs Nin führte neben ihrem Haupttagebuch noch ein Nebentagebuch des bezeichnenden Titels *Lies*. Aus Lügen, aus Myriaden süßer kleiner Selbsttäuschungen und Verklärungen, bestand ihr ganzes Leben. Biographen seufzen, denn auf keine ihrer Angaben ist Verlaß. Weder weiß man, wo sie 1903 geboren wurde, ob in Neuilly bei Paris oder doch in Havanna, noch darf man sich darüber wundern, wenn nach ihrem Tod in Los Angeles 1977 zwei Traueranzeigen von zwei Gentlemen erscheinen, die sich beide als ihre Gatten bezeichnen und es vermutlich auch beide waren. Die Geliebte Henry Millers und ungezählter anderer Bohemiens wurde durch kein literarisches Werk, sondern nur ihre offenherzigen Tagebücher berühmt. Sie bleiben bedeutend als Dokument einer narzißtischen Selbstüberhöhung, wie sie vielleicht nur wenigen so glückhaft gelang.

Doch noch diesseits der Lügen und groben Fälschungen ist es mit dem Veröffentlichen zu Lebzeiten eine heikle Angelegenheit. Wenn es den Augen der Zeitgenossen unterbreitet wird, ist das Tagebuch oft ein Agent in bestimmter Mission. Es soll der Mit- und Nachwelt den Weg weisen, wie sie den großen Mann, die tapfere Frau zu verstehen habe; es soll die erlebte Geschichte sanft korrigieren und in erfreulicheres Licht rücken. Fast unweigerlich dient es der Selbstbespiegelung – dabei ist der Spiegel nur selten so unvorteilhaft wie in manchen Hotelfahrstühlen, in denen man bei jedem Lift innerlich zusammenzuckt, weil er uns bittere Wahrheiten zeigt. Selten auch ist er so pedantisch wie der Spiegel in *Schneewittchen*. Er soll dem Autor versichern, er sei der schönste, wahlweise klügste, mutigste oder prophetischste Mann im ganzen Land; und das bitte ohne lästige Einschränkung. Wir reden von Autoren, weil sie bekanntlich eitler sind als Autorinnen.

Montauk und die Box of Matches

Bei manchen von ihnen, beim Ernst Jünger der *Strahlungen* oder auch bei Max Frisch, blieb der Eindruck dieser inneren und äußeren Aufhübschung nicht aus. Selbst Friedrich Dürrenmatt – oder gerade er – soll geseufzt haben: «Was mich an Frisch so stört, sind diese Unwahrheiten, auch in den Romanen, zum Beispiel Montauk. Das hat er als autobiographisches Werk ausgegeben. Wenn Sie ihn persönlich kennen, dann schütteln Sie nur den Kopf. Da stimmt einfach gar nichts.»

Wir wissen nicht und müssen es auch nicht wissen, was Dürrenmatt genauer vorschwebt. In jedem Fall ist es mit Frisch komplexer. Anders als der Erbauer des Textmassivs Amiel hatte Frisch mit seinen Tagebüchern nie ein echtes *Journal intime* im Sinn. Das Tagebuch war vielmehr schon immer eine literarische Form. Nach der Maßgabe Canettis wäre Frisch damit ein Fälscher: Wer Literatur verfassen will, wenn er angeblich nur Tagebuch führt, der denkt zwangsläufig an die künftige Leserschaft. Frisch wiederum hätte und hat argumentiert, zur Wahrheitsfindung tauge auch die Fiktion, wenn nicht sogar: nur die Fiktion. Eine Rolle spielten wir doch ohnehin alle, ob wir nun wollten oder nicht – das war ja das Lebensthema Max Frischs. Warum sollte das beim Führen eines Tagebuchs anders sein? Gerade der Ehrlichste spielte seine Rolle vielleicht nur am perfektesten. Wahrheit war Illusion, dem Rollenspielen entkam man nicht, konnte man nicht entkommen, das ungeschützt Authentische war selbst nur Fiktion. Für Frisch unterlag das Tagebuch als literarische Gattung darum anderen Kriterien als denen der Aufrichtigkeit.

Begonnen hatte er damit, als er im Militärdienst die literarische Karriere innerlich fast schon aufgegeben hatte. Von existentieller Bedeutung war das Tagebuch also auch für ihn. Als er es 1940 unter dem Titel *Blätter aus dem Brotsack* veröffentlichte, hatte es ihm den Weg zum Schriftstellertum gewiesen. Fortan wurde das fiktionale Tagebuch zu seiner Prosaform schlechthin. Viele der wichtigsten Werke Max Frischs wie *Stiller*, *Homo faber*, *Montauk* sind rein formal ans Tagebuch angelehnt. Es sei nun einmal die ihm angemessene Prosaform, erklärte Frisch dazu, wählen könne er sie ebensowenig wie die Form seiner Nase.

Ein kurzer Sprung sei hier erlaubt, aus Zürich über den Atlantik nach Maine. Dort lebt der amerikanische Autor Nicholson Baker, den mit Frisch sonst wenig verbindet, der aber dessen Penchant zur Form des fiktionalen Tagebuchs mit ihm teilt. In seinem Roman *Eine Schachtel Streichhölzer* beginnt jedes Kapitel mit der Uhrzeit, zu der sich Bakers alter ego noch vor dem Morgengrauen mit dem Laptop vor seinem Kamin niederläßt, das Feuer mit einem Streichholz aus der *Box of Matches* anzündet und zu schreiben beginnt –

> *Guten Morgen, 3.49 Uhr*, und ich verhalte mich, als wäre alles normal. Als mein Apfel wieder mal vom Ascheimer fiel und über den Fußboden rollte, machte er ein leises ominöses Geräusch, und da erinnerte ich mich an eine Besprechung, die ich als Kind gelesen hatte, über einen Film von Roman Polanski, in dem jemand der Kopf abgeschlagen wird, der dann die Treppe hinabpoltert.

Was ihm so früh schon alles Bizarres einfällt! Aber hat ihn die Erinnerung nicht getäuscht? War es nicht statt eines Polanski-Films eher Robert Aldrichs «Wiegenlied für eine Leiche», in dem jener Kopf eine Treppe hinabpurzelt? Wie auch immer:

Guten Morgen, es ist 4.32, und da ist wieder die Zugsirene, die durch die Nacht heult. Meister des Pathos sind sie, diese professionellen Zugsirenenstimmer. Sie wissen genau, was uns mitten ins Herz trifft.

Dreiunddreißig solcher mal kruden, mal romantischen Morgenmeditationen im Tagebuchstil, und die Streichholzschachtel ist geleert. Und ein neues Genre, wie es bei dem originellsten Autor der amerikanischen Gegenwartsliteratur üblich ist, sowohl erfunden als auch sogleich abgefackelt. Beziehungsweise geköpft.

Was nun aber Dürrenmatt an Max Frisch störte, war der Ur-Anspruch der Gattung Tagebuch, den Frischs Neudeutung nicht erfüllte. Das war nicht Wahrheit und gelebtes Leben, was sich hier niederschlug; es war schon im Entstehen literarisiertes, gefärbtes, frisiertes, gestaltetes Material. Zwei Bände solcher frisierter Tagebücher erschienen zu Frischs Lebzeiten und mehrten seinen Ruhm.

21. Juli 1969
Landung auf dem Mond (Armstrong und Aldrin). Nachricht von einem Hund, der von Calabrien, wo er verloren gegangen ist, in neun Wochen nach Turin läuft, wo er seine Herrschaft glücklich wiederfindet. Jemand vom städtischen Jugendamt berichtet: ein 15jähriges Mädchen, Waise, verläßt die

> Ortschaft Cognac (Frankreich) aus Verwirrung, weil sie vom Arbeitgeber vergewaltigt worden ist, und geht zu Fuß nach Basel, wo sie noch eine Tante hat; der Mann dieser Tante vergewaltigt sie. Eine unbekannte Dame, die keine Ruhe läßt, bittet um Rat: ihr Bruder soll demnächst verurteilt werden, weil er einen Juwelier-Laden geplündert hat, vielleicht auch Rauschgift geschmuggelt, und ich sei doch gegen Ungerechtigkeit; ihr Bruder im Grunde auch Künstler, werde fünf Jahre im Gefängnis nicht ertragen. Nina, unsere Katze, hat wieder ein Junges geworfen; sie hat es gefressen.

An dem Satz «Nina, unsere Katze» merkt man es: Max Frisch weiß ganz gut, wie seine Katze heißt, das muß er sich nicht erklären, die Information dient einem späteren Leser, wie auch der Hinweis darauf, daß er mit Cognac den Ort in Frankreich meint. Dürrenmatt hat recht: So schreibt man nicht für sich. Es ist dennoch bezwingend und erinnert an Thomas Mann, wie Frisch bei der Mondlandung beginnt, um beim Katzenfrevel zu enden. So sind Tagebücher, und deshalb lieben wir sie.

Frischs zwei Jahrzehnte später aufgenommenes Tagebuch, das als verschollen galt, wurde erst 2009 entdeckt – 184 unpaginierte Seiten unter dem Titel *TAGEBUCH 3*. Ein Streit entbrannte unter den Häuptern der Schweizer

Intelligentsia, alte Freundschaften drohten zu zerbrechen über der Frage: Sollte man das Fragment publizieren oder nicht? Es war diesmal wohl tatsächlich nicht zur Veröffentlichung gedacht, jedenfalls nicht in dieser unredigierten Form. Diesmal wäre Frischs Exhibitionismus nicht ganz freiwillig. Was tun? Wie immer setzte sich die Partei der Bejaher gegen die der Skeptiker durch. Wenn einmal etwas da ist, will man auch etwas damit machen – so ist der Mensch, seit er im Holozän erschien.

Das Presseecho fiel überwiegend freundlich aus. Man fand einzelne Szenen des nach wie vor scharf beobachtenden Autors gelungen; man wunderte sich über – oder verstand nur zu gut – Frischs Erwartung eines womöglich zufällig ausgelösten Atomkriegs. Frisch lebte damals mit Alice Locke-Carey zusammen, dem Vorbild der weiblichen Hauptfigur aus *Montauk*. Sein Tagebuch zeigt eine gewisse Amerikaskepsis. Es ärgerte ihn, daß Alice mit europäischer Literatur auf Kriegsfuß stand und Tolstoi nur aus einem Film kannte. Und er war kein Freund des neuen Präsidenten Ronald Reagan. Als zum ersten Mal ein bedrohlicher Virus namens HIV in der Presse auftauchte, schrieb er: Thanatos und Eros – in Amerika heiße das *casual sex*.

Vor allem aber beschäftigten ihn das Alter und der Tod. Vielleicht waren diese letzten Notate, die letzten Blätter im zunehmend verschlissenen Brotsack, seine ehrlichsten.

Wenn einmal etwas da ist, will man auch etwas damit machen – das stimmt aber nur zur Hälfte. Manchmal liegt auch etwas in der Schublade, mit dem jemand nicht herausrücken will. Manchmal will jemand so wenig damit herausrücken, daß er lieber eines der dreiunddreißig Streichhölzer zückt, die eine *Box of Matches* enthält.

Es war der Fall beim Gatten der amerikanischen Autorin Sylvia Plath, die nach ihrem frühen Selbstmord 1963 im Lauf der Jahrzehnte zu einer ähnlichen Kultfigur wurde wie die von ihr verehrte Virginia Woolf. Die 1932 geborene Lyrikerin hatte ein Tagebuch geführt, das ihre untereinander zerstrittenen Erben in sorgsam zensierter Form nach und nach veröffentlichten. Die letzten drei Jahre ihres Lebens kommen darin nur fragmentarisch vor. Ihr Ehemann Ted Hughes hatte im Vorwort der ersten Ausgabe erklärt, den letzten Band von Sylvias Tagebüchern vernichtet zu haben. Er hatte verhindern wollen, daß er den Kindern unter die Augen geriet. Daß die Sorge vielleicht nicht unberechtigt war, bewies mit langer Verspätung der Freitod des gemeinsamen Sohnes Nicolas im Jahr 2009, eine Tragödie, die Ted Hughes, 1998 gestorben, zum Glück nicht mehr mitbekam.

Sehr wohl mitbekommen hatte er, daß er bei der stetig anwachsenden Plath-Gemeinde so verhaßt war wie John Middleton Murry bei der Gemeinde seiner ebenfalls früh verstorbenen und erst postum berühmt gewordenen

Frau Katherine Mansfield. Beiden Gatten wurde eine zumindest moralische Mitschuld am Tod ihrer jeweiligen Frau unterstellt – Ted Hughes hatte sich vier Monate bevor Sylvia Plath den Gashahn aufdrehte, von ihr getrennt. Beide, Hughes und Murry, hatten Affairen gehabt. Beide verwalteten als Witwer das Werk, saßen auf ihm wie Fafner auf dem Hort und sorgten dafür, daß der Schatz stetig wuchs. John Murry verbrachte Jahrzehnte damit, aus dem Nachlaß Briefe oder Tagebücher Katherine Mansfields herauszugeben, wobei er es mit der editorischen Ethik nicht übertrieben genau hielt. Es dauerte ein gutes halbes Jahrhundert, bis eine Ausgabe der Mansfield-Tagebücher erschien, in der nicht alles Anstößige getilgt war.

Bei Sylvia Plath war es im Jahr 2000 soweit. Die Tagebücher zeigen sie, vor allem im Kontrast zu den Briefen an ihre Mutter, als rasend ehrgeizige, libidinös anspruchsvolle und zwischen Rollenerwartungen zerquetschte Künstlerin, die nie über den frühen Tod des Vaters hinwegkam, den sie in jedem Geliebten suchte, und die immer wieder in Depressionen verfiel. Ted Hughes hatte von diesen Tagebüchern erklärt, sie alleine zeigten Sylvias wahres inneres Ich. Das *real self* sei ausschließlich hier; die Gedichte, die sie berühmt gemacht hatten, seien umzingelt oder durchsetzt von Pseudo-Ichs. Die Gedichte waren bloße *by-products* dieses Tagebuchs.

> Masken sind heutzutage an der Tagesordnung, und das mindeste, was ich tun kann, ist die Illusion zu pflegen, daß ich fröhlich, ausgeglichen und nicht ängstlich bin.

So schreibt es Sylvia Plath selbst im Tagebuch, fast als habe sie zu viel Max Frisch gelesen. Masken, Rollen, das wahre Ich eine Illusion!

Aber waren die Gedichte wirklich nur Abfallprodukte der *Journals*? Bei ihrem Mann war es eher umgekehrt. Ted Hughes, von Schicksalsschlägen immer wieder gepeitscht, gewann moralisch allmählich an Boden zurück. Kurz vor seinem Tod veröffentlichte er, inzwischen *poet laureate* der britischen Königin, den Gedichtband *Birthday Letters*. Es war die Summe seines Lebens und wurde zur literarischen Sensation. In diesen Gedichten konnte man finden, was sonst nur im Tagebuch stand: die Wahrheit über seine Ehe mit Sylvia, kondensiert in Poesie.

Die Gemeinde hatte ihn zu Unrecht verdammt. Sein Leben an der Seite Sylvias war alles andere als leicht. Aus ihrem Tagebuch wissen wir, daß es schon turbulent begann.

> Dann geschah das Schlimmste, dieser große, dunkle, wunderbare Kerl, der einzige, der groß genug war für mich, der sich auf die Frauen stürzte und nach

dessen Namen ich mich erkundigt hatte, gleich als ich ins Zimmer trat, ohne daß mir jemand eine Antwort gegeben hätte, kam herüber und schaute mir tief in die Augen, und es war Ted Hughes. Ich fing wieder an zu brüllen, etwas über seine Gedichte, und zitierte «most dear unscratchable diamond», und er schrie zurück, gewaltig, mit einer Stimme wie ein Pole «Gefällt's dir?», und dann fragte er mich, ob ich Brandy wolle, und ich schrie ja, und dann zogen wir uns ins andere Zimmer zurück, [...] und Boing war die Tür zu, und er goß Brandy in ein Glas, und ich goß ihn dorthin, wo nach meiner letzten Erinnerung einmal mein Mund war.

Wir brüllten, als wären wir in einem Sturm, über die Rezension, er sagte, Dan wüßte, wie schön ich sei, über einen Krüppel hätte er das nicht geschrieben, und ich protestierte schreiend, und dabei fielen überraschend oft die Worte «mit dem Verleger schlafen». Und dann stellte sich heraus, daß mir das alles klar war, und ich stampfte und schrie ja, und er mußte im anderen Zimmer noch etwas erledigen, er arbeitet in London, verdient zehn Pfund die Woche, damit er später mal zwölf verdienen kann, und ich stampfte auf den Boden, und er stampfte auf den Boden, und dann küßte er mich, Knall, Boing auf den Mund [Auslassung] ...

Seit der vollständigen Edition wissen wir, was in der Auslassung stand: daß Ted ihr beim Küssen ihr rotes Haarband und die silbernen Lieblingsohrringe herunterriß. Das könnte ihre heftige Reaktion erklären, die ohne die zensierte Stelle unverständlich blieb:

> Und als er meinen Hals küßte, biß ich ihn heftig und lang in die Wange, und als er aus dem Zimmer ging, lief ihm Blut übers Gesicht.

Das war der Anfang; und dann steigerte es sich. Wie es genau endete, wissen wir nicht, da kam Hughes' Streichholz zuvor.

Zweig, in den Himmel hochschnellend

Um jedoch auf den Enzyklopädisten Hocke zurückzukommen: *Ein* Tagebuch kannte auch er nicht. Er konnte es nicht kennen, weil es noch nicht veröffentlicht war: das Tagebuch Thomas Manns. Und hier aber findet sich die bislang schönste und kompakteste Erklärung der Motive, die den Diaristen machen.

«Ich liebe es», heißt es da,

> den fliegenden Tag nach seinem sinnlichen und andeutungsweise auch nach seinem geistigen Leben und Inhalt fest zu halten, weniger zur Erinnerung und zum Wiederlesen als im Sinn der Rechenschaft, Rekapitulation, Bewußthaltung und bindenden Überwachung … (11. 2. 34, Küsnacht)

Womit die zentralen Motive fürs Führen eines Tagebuchs endlich versammelt wären. Offenbar liegt der Hauptgrund gar nicht darin, es später wiederzulesen. Wesentlicher scheint etwas anderes. Zum einen das Motiv des Festhaltens: der lebenslange Versuch, die stetig rinnende und davonströmende Zeit durch kleine Dämme zu bremsen; die fliehende Zeit gewissermaßen am Schlafittchen zu packen. Es ist ein Versuch, der zwar immer scheitern muß, weil sich die Zeit nicht festhalten läßt. Aber durchs Aufschreiben gewinnt man die Illusion, wenn man ihr schon ausgeliefert sei, dann nicht ganz ohne Gegenwehr. Die Körnchen rinnen durch die Enge des Stundenglases, ob man hinsieht oder nicht. Aber der Tagebuchschreiber, der übrigens oft etwas Pedantisches hat, vergewissert sich, daß der Sand nicht etwa schneller rieselt oder jemand vergessen haben könnte, die Uhr umzudrehen.

Das nächste ist das Motiv der Bewußthaltung. Bewußtsein hängt eng zusammen mit Sprache, auch wenn es nicht in ihr aufgeht. Erst durch die Versprachlichung gewinnt das Erlebte feste Kontur. Ohne die rückblickende Anordnung und sprachliche Formung verfließt es schnell wieder ins Vergessen und Bewußtlose. Was benannt ist, scheint präsenter, ja scheint realer als das, was sich einfach wortlos vollzieht.

Benennen heißt auch bannen: Was erst einmal in Worte gefaßt ist, verliert schon ein wenig von seinem Ärgerlichen oder Beunruhigenden. Wenn man an einer Krankheit leidet, ist man schon halb getröstet, sobald sie einen Namen hat. Nicht umsonst ist der schlimmste Schrecken der namenlose. Und auch schon bei den kleineren Unbilden des Alltags hat es etwas Befriedigendes, wenn man sie in wohlgesetzte Worte fassen und sich ihnen dadurch überlegen oder zumindest gewachsen zeigen kann. Wenn die Unterwäsche entweder zu klein oder zu groß ist, so kann man seinen Grimm darüber wenigstens maßgeschneidert formulieren.

Und schließlich das entscheidende Stichwort und Motiv: das der Rechenschaft. Es ist dieses Stichwort, das deutlich macht, warum es die protestantische Wurzel ist, die sich im Tagebuchschreiben zeigt, und nicht etwa eine allgemein religiöse.

Worin liegt der Unterschied? Schriftstellerinnen seien immer protestantisch, hat der rumänische Aphoristiker und Schopenhauer-Schüler Emil Cioran einmal bemerkt; die katholischen hätten ja die Beichte. Damit hat er einen entscheidenden Unterschied benannt. Der Katholik hat das Sakrament der Beichte, der Protestant hat sie nicht. Wem aber sollte er Rechenschaft ablegen, wem seine Sünden anvertrauen, seine Gewissensfragen, seine Zweifel? Das Tagebuch als Beichtstuhlersatz – das trifft gewiß nicht alle seine Funktionen, aber doch eine kardinal wichtige.

Petrarca pflegte in einem Heft das Zwiegespräch mit Augustinus, der fast tausend Jahre tot war. Katherine Mansfield adressierte ihre Tagebucheinträge direkt an ihren verstorbenen jüngeren Bruder. In ein schönes Bild faßt es der Lebensreformer und Verfasser von *Walden* Henry David Thoreau. Sein Tagebuch sei wie

> ein Blatt, das auf dem Weg über meinem
> Kopf hängt. Ich biege den Zweig zurück und
> schreibe meine Gedanken und Gebete darauf;
> und wenn ich ihn loslasse, schnellt er zurück und
> weist das Geschriebene dem Himmel vor, als
> wäre es nicht in meinem Pult eingeschlossen,
> sondern ein so öffentliches Blatt wie irgendeines
> in der Natur.

Das Tagebuch, möchte man sagen, erfüllt das Bedürfnis nach Selbstvergegenwärtigung im Lichte einer höheren Instanz. Wie würde das, was einen den Tag über bewegt hat, von höherer Warte aus betrachtet? Diese höhere

Warte muß nicht explizit im Tagebuch erscheinen, aber ohne sie gäbe es kein Tagebuch. Schrift wurde erfunden, um etwas mitzuteilen, und zwar nicht sich selbst. Nur scheinbar schreibt der Tagebuchschreiber für sich selbst, so wie der Betende nur scheinbar zu sich selbst spricht. Das sich bekennende Ich kann nicht zugleich das wägende und richtende sein, an das es immer appelliert. Das Tagebuch wie sein Pendant, das Gebet, wenden sich an einen unsichtbaren Rezipienten. Und wo der Glaube fehlt, kann das Tagebuch für das Gebet eintreten und es ersetzen. Darum fragt Thomas Mann, durch und durch protestantisch geprägt, wenn auch nicht gläubig im strengen Sinn, ob nicht «die gebethafte Mitteilung im Tagebuch» Schutz gewähre. Und darum nennt noch der dem Zeitgeist den Puls fühlende Rave- und Luhmann-Kenner Rainald Goetz sein Internet-Tagebuch *Abfall für alle* sein «tägliches Textgebet».

Succubus und Luzifer

Pietistischen Spuren folgt sogar, aber was heißt hier sogar?, wer in der DDR aufwuchs. Der 1970 in Ostberlin geborene Autor Jochen Schmidt hat in der Zeit, als er seine Proust-Lektüre in einen Blog stellte, protestantisch säuberlich über die jeweils erfolgreich zurückgelegte Lesestrecke Buch geführt: jeden Tag zwanzig Seiten Proust, keine weniger, keine mehr, und jeden Tag den Kommentar dazu. Nur vor dem Proustlektürebericht erlaubt Schmidt sich noch ein kleines privates Tagebuch.

Jochen Schmidt ist, wie dieses Tagebuch verrät, von großem, ja granitfestem Fleiß, durch den sich eine zarte Ader des Manischen zieht. Als leichter Zwängler liebt Schmidt vor allem Listen. Wenn er in der Zeitung über verschiedene Zwangsformen liest, legt er gleich ein paar solcher Listen an: Die erste Liste zählt die Zwänge noch zwanglos auf, die zweite ordnet sie alphabetisch, die dritte nach Wortlänge, das sieht ordentlicher aus:

1. Zählzwang
2. Sammelzwang
3. Ordnungszwang
4. Wiederholungszwang.

Dabei hat Schmidt allerdings den *Psychosozialen Kontrollzwang* vergessen, was ihm eine erweiterte Liste erlaubt, die er gerade noch ein zweites Mal abtippen kann, bevor er los muß, nicht ohne sich davor die Hände zu waschen. Problem: Die beiden Seifenstücke sind gerade genau gleich groß, das kriegt er nie wieder so hin.

Andere Listen Schmidts gelten den Dingen, die ein Kind noch als Wunder empfunden hat:

Halbe Regenwürmer. Straßenschach. Balancieren. Weiße Rechtecke an Chausseebäumen. Seifenmagnete.

Eine weitere Liste gilt Wörtern, von denen Schmidt noch weiß, wann er ihnen zum ersten Mal begegnet ist: «Bestseller», «urst», «Rowdy», «Bastonade», «Striptease». Ja, beim «urst» hat man es wieder gemerkt: Der Autor ist ein Kind der DDR und ostdeutsch bis in die letzte Pore. In der DDR wäre er nach eigener Ahnung ein mittelmäßiger Mathematiker geworden; der Mauerfall war für ihn so etwas wie das scheuende Pferd der Kutsche, ohne das Swann nie die Cattleya im Ausschnitt Odettes zurechtgerückt hätte, mit allen bekannten Folgen.

Es muß aber nicht immer Proust sein! Zur Ablenkung liest Schmidt gern einmal Gustav Fischers *Landmaschinenkunde* aus den Zwanzigern und macht eine Mini-Liste über den Fachwortschatz, von Glockengöpel, Schwungkugelregler, Klauenkupplung und Ringschmierlager bis zum Pommritzer Rübenrodepflug und der Hederichspritze – bis er auf einmal, als wäre er der Arno'sche Schmidt, den Subtext erkennt: «Damit sich die Lage der Rührwelle zum Schlitz nicht verändert, wird der Stellschieber nicht geradlinig verschoben, sondern um die Rührwelle geschwenkt.» Aha! Und Schmidt ahnt, Herr Fischer habe sublimieren müssen und keine glückliche Ehe geführt.

Ist das noch Tagebuch?

Wieso kann ich mir den Unterschied zwischen «succubus» und «incubus» nicht merken?

Der humoristisch funkelnde und sehr zu empfehlende Proust-Blog von Jochen Schmidt, als Buch unter dem Titel *Schmidt liest Proust* erschienen, ist auch ein Beispiel dafür, wie dehnbar die Form des Tagebuchs ist. Der Blog ist, um dies schon anzudeuten, die neueste Form des Tagebuchs: öffentlich einsehbar für jeden, der den Namen des Autors googlen kann.

Eine andere originelle Variante des altmodischen Tagebuchs entsproß ebenfalls der DDR. Christa Wolf begann 1960 auf Anregung der Zeitschrift *Iswestija*, jedes Jahr über einen bestimmten Tag Protokoll zu führen; es war der 27. September. Über fünfzig Jahre lang hielt sie diese Übung durch, noch im Jahr ihres Todes 2011 beschreibt sie den 27. September. Was dabei entstand, ist eine Art privater DDR- und Nachwende-Chronik als Daumenkino: Wenn man die einzelnen Skizzen rasch hintereinander durchblättert, ergibt sich ein Ablauf und ein Bewegungsbild. Als Motiv für ihr Tagebuchprogramm erklärt Christa Wolf, sie spüre die Pflicht, gegen den «unaufhaltsamen Verlust von Dasein» anzuschreiben. Allein schon das Wort Pflicht deutet wieder auf die protestantischen Wurzeln.

Die rigide Selbstprüfung, die zum Protestantismus gehört, wird im Tagebuch einer anderen DDR-Autorin und Freundin Christa Wolfs auf die Spitze getrieben, allerdings, ganz unwolfisch, auf eine erotisch vibrierende. Die schöne Amazone, wie sie selbst sich nannte, noch bevor sie ihre Brust verlor, die früh verstorbene Brigitte Reimann, ein Geheimtip bis heute, hält in ihren Aufzeichnungen Gerichtstag über sich selbst – mit welcher Strenge, werden wir gleich sehen.

Gerichtstag halten über sich selbst, ein Ibsen-Wort: Das eben ist gut protestantisch – spätestens seit den *Confessiones* des Augustinus, der sich die Betrachtung der eigenen Sünden nach einer offenbar tumultuösen Jugend zur Lebensaufgabe gemacht und entscheidenden Einfluß auf Martin Luther hatte.

Anders als für die Protestanten steht für den Katholiken das Tagebuchschreiben fast unter Sündenverdacht. Im Jahre 1753 befand der Kardinal Passionei, ein Christ dürfe kein Tagebuch führen wegen der Pflicht zur Humilitas. Das Tagebuchführen sei eine, wie der Fachbegriff lautete, *occasio proxima* zur gefährlichsten Sünde, der Selbstliebe und des Hochmuts. «Unsere Taten», mahnte der Kardinal, «sind unsere geliebten Töchter, unsere allzu schönen Frauen, zu denen wir uns immer wieder hingezogen fühlen, über deren Schönheit wir staunen wie Luzifer und unser Vater Adam.» Im Tagebuch lauert gleichsam die teuflische Schlange. Das merkt, in Klammern gesprochen, auch der *Harry-Potter*-Leser, wenn dort das Tagebuch Lord Voldemorts zum teuflischen Verführer der unschuldigen Ginny Weasley wird.

Was natürlich nicht heißt, daß es nicht auch viele Katholiken gäbe, die ein Tagebuch führten. Ignatius von Loyola, der Gründer des Jesuitenordens, schrieb in der Mitte des 16. Jahrhunderts mit dem *Bericht des Pilgers* das erste Tagebuch der Neuzeit überhaupt. Römisch-katholisch erzogen wurde der 1871 im Languedoc geborene Lyriker und Essayist Paul Valéry, dessen *Cahiers* noch heute als Schatzkammer der Tagebuchliteratur gelten. Wobei es doch wieder bezeichnend ist, daß das bedeutendste moderne Tagebuch im katholischen Frankreich das erwähnte *Journal* des calvinistisch erzogenen André Gide wurde. Ein Jahrhundert früher waren es die Schriftsteller-Brüder Edmond und Jules de Goncourt, denen die Konversion der eigenen Tante ein Dorn im Auge war. Die Goncourts, die den noch heute bedeutendsten Literaturpreis Frankreichs gestiftet haben, sind auch ein weiteres Beispiel dafür, daß sich das Tagebuch als literarischer Nachruhmretter erweisen kann. Kaum einer kennt die Brüder noch wegen ihrer Romane, man kennt sie wegen ihrer gemeinsam verfaßten, luzide verklatschten Tagebücher. Über die sich seinerzeit schon Marcel Proust amüsiert hatte. Der Schriftsteller Pierre Loti, befragt, ob es in seiner Familie Seeleute gegeben habe: «Ja, ich hatte einen Onkel, der auf dem Floß der *Medusa* aufgefressen wurde» ...

Noch eine weitere Abweichung von der Regel: Ein ganz eigenartiges Tagebuch stammt von dem 1940 zum Katholizismus konvertierten Österreicher Heimito von Doderer. Der aber ebenso wie Brigitte Reimann ein eigenes Kapitel verdient.

Die Monroe, splitternackt

À propos Klatsch aber und à propos Katholik: Eine besonders aparte Unterart des intimen Tagebuchs verdankt die Nachwelt dem griechisch-katholisch getauften Andy Warhol. Die Überlieferung dieses Tagebuchs ist kurios. Genauer gesagt, ist es nämlich gar kein echtes Tagebuch, sondern eine Mitschrift. Warhol hat nicht selbst geschrieben, sondern jeden Morgen eine Stunde mit seiner Sekretärin telephoniert, die bald anfing, alles mitzustenographieren. Warhol erzählte ihr jedes Detail der vergangenen Nacht und mit Vorliebe die schlüpfrigen, aber auch, wieviel er fürs Taxi ausgeben mußte (Warhol war krankhaft geizig) und wie es seinen beiden Dackeln ging. Ab und zu traf er auch auf deutschen Hochadel.

> Und dann fing Fürst Johannes von Thurn und Taxis an, schmutzige Geschichten zu erzählen. Als junger Mann habe er in Hollywood Marilyn Monroe kennengelernt. Er sagte, sie habe sich an ihn herangemacht und ihn zu sich zum Dinner eingeladen, doch er habe sich damals nichts aus Frauen gemacht – er sprach das ganz offen aus. [...] Na, jedenfalls will er Marilyn Monroe dann gefragt haben, wer sonst noch käme, und sie nannte ein paar Namen. Und dann kommt er hin, und Marilyn empfängt ihn in einem dekolletierten Negligé. Und er fragte: «Wo sind die anderen Gäste?» Und sie sagte: «Sie haben alle abgesagt.» Sie tranken rosa Champagner und aßen zusammen, und dann zog sie an einem Bändchen und stand splitternackt da, und er konnte nicht ... er tätschelte nur ihre Brüste und sagte: «Bis später.»

Dinge in diesem Stil. Warhols Sekretärin Pat Hackett bündelte ihre Mitschriften dann zu dem, was als Warhols Tagebuch erschien; eine *chronique scandaleuse* wie die Tagebücher der Goncourts. Ging es bei Warhol vor allem um Klatsch, so war doch der Charakter der Beichte nicht zu verkennen. Vom Schlamm des Sündenpfuhls, in den er allnächtlich stieg – oder doch zumindest vom Ufer aus überwachte, denn meistens mischte er nicht selber mit und begnügte sich mit der Rolle des Voyeurs –, von diesem Schlamm konnte er sich nur reinigen, indem er jeden Morgen Beichte ablegte. Das Telephon hatte mit dem Beichtstuhl den Vorteil gemeinsam, daß man den Beichtiger nicht sah. Und wenn man ihm nicht in die Augen blicken mußte, fielen die Bekenntnisse leichter, wie auch Sigmund Freud wußte, als er sein Couchritual entwarf.

Mit Engeln streiten

Auch eine etwas jüngere, 1933 in New York geborene Party-Freundin Andy Warhols, die zur Kunst eher im kritischen als im schöpferischen Verhältnis stand – wobei sie die Trennung ablehnte –, hatte sich über die religiöse Färbung des Diarismus eine Meinung gebildet. Die katholische Kultur habe das Ich nie als mysteriös aufgefaßt; das Ich war komplex, widersprüchlich und sündhaft, aber kein Rätsel. Ganz anders die protestantische Kultur: Sie stelle das Ich als ein Geheimnis dar. Daher das Aufkommen der Introspektion, und daher das Führen von Tagebüchern. Auch sie, die sich als «nicht-jüdische Jüdin» verstand, führte ihr Erwachsenenleben lang ein Tagebuch, mit dem sie als Zwölfjährige begann – kein Wunder bei einer Überfliegerin, die kurz nach ihrer Einschulung in die dritte Klasse versetzt wurde und sich als Vierzehnjährige beim Autor des *Magic Mountain* einlud und nach Pacific Palisades pilgerte.

Warum führte sie Tagebuch? Sie ist – wir schreiben 1968 – schon länger ohne Partnerin, lebt allein und ertappt sich dabei, laut mit sich selbst zu sprechen, was ihr die Einsamkeit nur noch schmerzhafter ins Bewußtsein rückt. Beim Tagebuchschreiben ist es anders, sie fühlt sich jedesmal stärker, wenn sie schriftlich mit sich selbst gesprochen hat. Ehrlich, wie sie ist, fügt sie den Nachgedanken hinzu: Ob sie nicht aber doch darauf hoffe, eines Tages werde ein geliebter Mensch diese *journals* lesen und sich ihr nur um so näher fühlen?

Und wenn es die Mutter wäre? Die Mutter ist das eigentliche kalte Zentralgestirn, um das ihre Tagebücher kreisen, es ist die Haßliebe zu ihr, die ihr Leben bestimmt. Warum sieht Susan mit 34 Jahren so viel jünger aus? Bei den fünf möglichen Gründen, die sie anführt, ist jedesmal die Mutter beteiligt: Sie imitiert sie, sie schützt sie (wenn sie jünger aussieht, wirkt auch die Mutter jünger); sie folgt ihrem Fluch; sie verrät sie (die Mutter wird alt, und es schmeichelt ihr nicht mehr, wenn die Tochter ewig jung bleibt); sie tritt in die mütterliche Falle, weil man jetzt ihren Sohn David für ihren Bruder hält … Kompliziert.

Sehr kompliziert. Vor allem auch mit dem Sohn David, der später ein umstrittenes Buch über ihr Sterben schreiben, ihre Tagebücher herausgeben und hoffentlich nicht seinerseits ein Mutterproblem geerbt haben wird. Durfte er das überhaupt, die intimen Schriften der Mutter vor die Augen der Öffentlichkeit zerren? Angeblich hatte er die halbe Erlaubnis dazu: «Du weißt, wo die Tagebücher sind», habe sie ihm auf dem Totenbett zugeflüstert, gut versteckt nämlich in einem Schränkchen, wie sonst niemand wußte. Hatte sie damit gemeint, daß er mit ihnen nach Belieben verfahren oder daß er sie nach ihrem Tod unauffällig verbrennen möge? Die Frage, die sich ähnlich auch in Pacific Palisades gestellt hatte. Es kenne sie die Welt, damit sie ihr verzeihe?

David Rieff entschied sich für die Veröffentlichung. Die Tagebücher der Mutter, die in seinem Kommentarteil unter der unangenehmen Abkürzung SS figuriert, lohnen die Lektüre schon deshalb, weil sie vor Intelligenz, auch moralischer, sprühen. Das ist dann, bei allen langwierigen Klagen über die wechselnden *amantes*, doch ein anderes Kaliber als die Telephonate des knausrigen Dackelfreunds.

Was nicht heißt, daß nicht auch Susan Sontag gelegentlich eine Anekdote durchschlüpft. Etwa die von dem *Action-Painting*-Erfinder und kriegsversehrten Harold Rosenberg, dessen Frau überraschend nach Hause kommt und – man zitiert das besser im Original –:

stepping over naked one-legged Harold Rosenberg
fucking girl on living room floor,

zu Harold nur sagt:

Dinner in one hour.

Von solchen vermutlich leicht angespannten Dinnerstunden erfährt man in diesen Tagebüchern allerdings weniger als vom Hauptgeschäft einer Autorin, die mit Haut und Haar der Kunst und der Literatur verfallen war. Es gibt lange Listen, in denen sie nur seltene Adjektive wie kostbare Muscheln aufreiht. Vom Fiction-Schreiben, zu dem es sie immer unglücklich zog, sagt sie, es sei eine schmale Tür: Manche Phantasien paßten wie große Möbelstücke nicht durch. Dann wieder erfährt sie das Schreiben fast so, als würde ihr diktiert. Sie führt Emily Dickinson mit dem schönen Satz an, Kunst sei ein Haus *that tries to be haunted,* um ihr zu widersprechen: von *Versuchen*-müssen könne nicht die Rede sein. Das Haus der Kunst ist immer verhext.

Was ihre Tagebücher vor allem verraten, ist eines: makellosen Geschmack. Auf der Liste der wiederentdeckten oder wiederzuentdeckenden Autoren, die Sontag 1964 anlegt, findet sich kein einzig mauer Kandidat. Sie fällt auf erstaunlich wenig herein. Kaum eine nachmals berühmte Figur, die sie nicht schon in der Mädchenblüte erspäht. Sie kennt alles, für amerikanische Verhältnisse, und ist in ihren Urteilen so hellsichtig wie scharf. Dem Verdikt *kitsch* entgeht weder Nietzsches *Zarathustra* noch Benjamins «Aura» – und das, als dessen Modewoge gerade erst anzurollen beginnt.

Schon früh auch wird ihr der russische Dichter Joseph Brodsky zum Freund; sie spricht noch auf ihrem Sterbebett von ihm, auf das sie die so lange bekämpfte Krankheit im Dezember 2004 endlich zwingt. Ihr Tagebuch zeigt uns Brodsky, lange vor dem Nobelpreis, als von Selbstzweifeln nur wenig zerzaust. Früher, sagt er ihr, habe er sich ganz bewußt in Konkurrenz zu anderen Poeten begeben und sich vorgenommen, als nächstes etwas zu schreiben, das besser sei als Pasternak, als Achmatowa, als Frost oder Lowell oder Yeats.

Und jetzt? fragt ihn die Freundin.

«Now I'm arguing with angels.»

Teuflische Lust, alles zu zerstören

Ein größerer Gegensatz, sollte man meinen, ist kaum zu denken. Die mondäne Susan Sontag, überall auf der Welt zu Hause, wo es schick oder jedenfalls camp ist, und dann das DDR-Mädchen, das einmal mit der FDJ-Delegation nach Sibirien reisen darf, Teheran für eine Stadt im Irak hält und sich über vier «prachtvolle Neger, von gelblich bis schokoladenbraun» freut, die in Hoyerswerda Spirituals singen ... Was hätte ausgerechnet Brigitte Reimann, die von Ulbricht protegiert wird und auf der Veranda zu «scharfer Musik» twistet, mit der Warhol-Freundin und Mutter des guten Geschmacks zu tun?

Mehr, als man auf den ersten Blick erkennt. Der Umgang mit Unbegabten treibt sie zur Verzweiflung, «ich leide physisch und habe Mordgedanken» – doch, das klingt stark nach Susan. Und hätte Susans Sohn nicht auch bei der folgenden Selbstbeschreibung an eine gewisse Person gedacht? Sie sei im Kern, steht da im Tagebuch,

> bei aller Angst und Unsicherheit, eine zähe, notfalls brutale Person, jedenfalls von stahlhartem Egoismus, brauche und verbrauche andere Menschen, kann niemanden länger als für ein paar Stunden in meiner Nähe ertragen, gelte dabei als fraulich, charmant, anteilnehmend, zerfließe auch wirklich vor Mitgefühl – aber jetzt verdichtet sich immer mehr der Verdacht, daß mich im Innersten nichts berührt, oder nur soweit, wie es meiner Arbeit dienlich ist.

War damit nicht seine Mutter getroffen? Als deren Hauptmerkmal nennt David Rieff die Gier, die Lebensgier – fast glaubt man, ihm eine gewisse Befriedigung darüber an der Nasenspitze abzulesen, daß sie, die ewige Gewinnerin, die immer alles besser weiß, am Ende auch einmal einen Kampf verliert.

Brigitte Reimann, die zähe, notfalls brutale Person, im gleichen Jahr wie Susan Sontag geboren, 1973 unterlegen im gleichen Kampf – sie sei «so gierig nach Leben», schreibt sie im Tagebuch, sie wolle heraus. Die Literatur ist ihr einziger Ballon, der sie über die Mauern und Grenzanlagen befördern kann. Nicht nur, wenn sie über den *Doktor Faustus* Tränen weint, hätte die frühe Pilgerin nach Pacific Palisades sich in ihr wiedererkannt. Brigitte Reimann und Susan Sontag sind sich in vielem überraschend ähnlich: in ihrer Sinnlichkeit und ihrem Hunger nach Literatur, ihrem Scharfsinn, ihrer Furchtlosigkeit und ihrem Amazonentum. Brigitte Reimann, schön und von dunklem Typ wie Susan, betrachtet oder studiert alle Menschen als potentielle Romanfiguren. Manchmal, wenn sie schreibt, kommt es ihr vor, «als schriebe ich nach Diktat». Auch sie, die seit ihrer Kinderlähmung hinkt, kennt die Liebe als «wüste Glut», wenn sie auch Männern und nicht Frauen galt. Mit ihrem späteren Ehemann Jon, einem von insgesamt vieren – von dem das keusch edierte Tagebuch nur verrät, daß sein Nachname mit K beginnt –, mit Jon K[...] erlebt die Reimann eine Lust,

> wie ich sie bisher nur aus Romanen kannte, die
> mich zerreißt und auflöst und mit ihm verschmilzt,
> als seien wir ein Fleisch und ein Schoß.

Früher, schreibt sie, hätte man eine Frau, die einen Mann in solche Abhängigkeit brachte, verbrannt. Dabei spürt sie die Abgründe dieser Hörigkeit und wittert kannibalische Wünsche hinter einem Biß. Manchmal hat sie «teuflische Lust, alles zu zerstören». Und sie wundert sich über ihren Jon: Er habe Angst vor ihr, «seit ich mit dem Messer auf ihn losgegangen bin. Merkwürdig.» – *Äußerst* merkwürdig.

In einem ist Brigitte Reimann sogar noch radikaler als Susan Sontag: Sie gibt sich selbst an allem die Schuld und läßt kein gutes Haar an sich. Sie spricht von ihrer bösen, kranken Seele, sie nennt sich eine Giftnatter und ein egoistisches Tier, und ihren nächsten Mann – «J.», wie uns der Editor anvertraut – will sie nur aus Trotz zurück, «wie ein Kind, das sich genau auf das Spielzeug versteift, das man ihm weggenommen hat»; ferner aus Rachsucht, «um ihn zu erniedrigen und zu beleidigen, sobald ich wieder Macht über ihn hätte»:

> Abscheulich, ja, aber das sage ich nur so hin:
> in Wahrheit finde ich es ganz natürlich, nicht sehr
> moralisch, aber natürlich.

Bestechende, sympathische Ehrlichkeit! Wie Susan Sontag hat Reimann Mut auch zur bitteren Wahrheit und keine Angst vor Autoritäten. Ihre Hoffnungen auf das Neue Leben unter der SED zerfallen bald. Falls sie Hebbel kannte, hätte sie bei der Communismus-Passage wohl am Ende genickt. Es hat etwas unfreiwillig Allegorisches, wenn sie einen Stall-Besuch beschreibt:

> Wir fuhren erst im Dunkeln wieder ab, weil Uwe mir noch die Pferdeställe zeigen mußte. In der einen Box lag ein Wallach im Sterben, und ich bildete mir ein, die anderen Tiere müßten es merken. Aber sicher ist es immer so unruhig in einem Stall. Ich hatte Angst, mir war unheimlich zwischen all den großen warmen Tieren, die mit den Schnauzen im Stroh raschelten, mit den Hufen auf den Boden klopften, mit ihren Ketten rasselten, und dazu der schwere, warme Geruch – und ich mußte mir immerzu vorstellen, wie es ist, wenn in einem solchen Stall Feuer ausbricht und die Pferde verrückt werden.

Eingepfercht mit siebzehn Millionen anderen – nicht viel anders konnte sie sich gefühlt haben. Welche Illusionen blieben ihr noch? 1965 schreibt sie:

> Wir haben uns früher mal Freiheit, Gleichheit und Brüderlichkeit versprochen. Schmonzes. Man verdient Geld, je mehr desto besser, und sieht, daß man ein angenehmes Leben hat und mit dem Rücken an die Wand kommt.

Seit 1961 wird die erfolgreiche, vier Jahre später mit dem Heinrich-Mann-Preis bedachte Jungautorin von der Stasi beobachtet. Auch ihr Telephon wird abgehört. Nur ihr Tagebuch bleibt ungefleddert. Ein saftiges Fressen, was ein IM dort unterm 21. August 1968 gefunden hätte:

> Truppen der SU und von 5 Pakt-Staaten haben die CSSR besetzt. Ein Schock. Den ganzen Vormittag klingelte das Telefon [...]. DDR-Sender berichteten nichts, verlasen nur immer wieder die TASS-Erklärung und den SED-Aufruf an die Bürger – verlogenes Geschwätz von Freundschaft und Bruderhand und Liebe zum tschechischen Volk – während in Prag und Pilsen und allen Städten der CSSR die Panzer rollen. Wieder mal deutsche Uniformen in Prag. Dubcek und die führenden Leute sind verhaftet oder verschleppt, wer weiß, man erfährt nichts über ihr Schicksal. Und welche Hoffnungen haben wir auf das «Modell» CSSR gesetzt! Unfaßbar, daß immer noch, immer wieder mit diesen Methoden

> des Stalinismus gearbeitet wird. Angeblich gibt es in der DDR eine «Flut von Zustimmungserklärungen». Wir sind so erbittert – kein Vertrauen mehr (falls wir jemals diese Sorte Vertrauen hatten[)]

Auf die politische Katastrophe folgt die private. Drei Wochen nach dem Einmarsch der Truppen in der Tschechoslowakei hätte jener IM lesen können:

> Heute habe ich von Dr. Marquardt erfahren, daß ich Krebs habe. Die rechte Brust muß abgenommen werden. Es war ein furchtbarer Schock. [...] Nun habe ich den ganzen Tag gearbeitet – das beruhigt. Tränen wird's bestimmt noch geben, aber jetzt bin ich ziemlich gefaßt. Man muß eben durch.

Fünf Jahre bleiben ihr, in denen sie noch viel Liebesglück genießen wird. Das Werk, das die kleine Teufelin hinterläßt, ist schmal; ihr Tagebuch ein großes Dokument auch darüber, wie beengt und nicht nur ungemütlich es sich im Stasi-Stall leben ließ.

Mädchen mit überschatteten Wangen

Das literarisch leuchtendste Beispiel für die rückhaltlose *Confessio* ist aber nicht das Tagebuch Andy Warhols, Susan Sontags oder Brigitte Reimanns, sondern das eines anderen Amerikaners. Er war Alkoholiker und unglücklich verheiratet, und er liebte wie Warhol Männer – nur tat er es insgeheim. Stoff genug für Beichte, wenn man religiös geprägt war. Der 1912 in Massachusetts geborene Erzähler und Romancier John Cheever hat ein Tagebuch hinterlassen, das zu den großartigsten und erschütterndsten Zeugnissen des Genres zählt. Man hüte sich, den 600 Seiten dicken Band aufzuschlagen, wenn man später noch etwas anderes vorhat; man liest sich unweigerlich fest. Charakteristisch für Cheever ist, daß er vom Ich übergangslos zum Er gleitet und das eigene Elend in der Fiktionalisierung abfedert.

> Ich stehe um halb sieben auf, um Frühstück zu machen – gutgelaunt, wie ich meine, doch während ich mich rasiere, schlägt sozusagen auch Mary die Stunde; sie macht ein böses Gesicht, hustet, gibt kleine Schmerzenslaute von sich, und ich sage etwas Gemeines: «Kann ich dir irgendwas Gutes tun,

außer tot umzufallen?» Mir wird kein Frühstück angeboten, also frühstücke ich nicht – aber daß wir, zu dieser Lebens- und Tageszeit, die bitteren und häßlichen Auseinandersetzungen unserer Eltern wiederholen, wütend wie zwei gebeugte, zahnlose Gladiatoren den Toaster und die Saftpresse umkreisen und einander mit Gift, Galle, Abscheu und gereizten Worten überhäufen! «Kann ich mir vielleicht eine Scheibe Toast machen?» – «Hättest du etwas dagegen zu warten, bis ich mir meine gemacht habe?» Mom schnappt sich ihren Frühstücksteller vom Tisch und ißt an der Anrichte, mit dem Rücken zum Zimmer; Tränen strömen ihr die Wangen herab. Dad sitzt am Tisch und fragt: «Du meine Güte, womit habe ich das denn bloß verdient?» – «Laß mich in Ruhe, laß mich einfach in Ruhe, mehr verlange ich nicht», sagt sie. «Ich will doch nichts weiter als ein gekochtes Ei», sagt er. «Ist das vielleicht zu viel verlangt» – «Dann koch dir doch dein Ei selbst, aber laß mich in Ruhe.» – «Aber wie zum Teufel soll ich mir ein Ei kochen», brüllt er, «wenn du mich nicht den Topf benutzen läßt?» – «Ich würde dich ja den Topf benutzen lassen», schreit sie, «aber du machst ihn immer so dreckig. Ich weiß nicht, woran es liegt, aber alles, was du anfaßt, ist danach völlig verdreckt.» – «Ich habe den Topf gekauft», brüllt er, «die Seife, die Eier. Ich bezahle die Wasser- und Gasrechnungen, und da sitze ich in meinem eigenen Haus und darf mir kein Ei kochen. Da sitze ich und verhungere.» – «Hier», schreit sie, «iß mein Frühstück. Ich kann's nicht mehr essen. Du hast mir den Appetit verdorben. Du hast mir den ganzen Tag verdorben.» Sie hält ihm ihren Frühstücksteller hin und läßt ihn auf den Tisch fallen. «Ich will dein Frühstück aber nicht», sagt er. «Ich mag keine Spiegeleier. Spiegeleier finde ich widerlich. Warum soll ich denn dein Frühstück essen?» – «Weil ich's nicht essen kann», kreischt sie. «In so einer Atmosphäre kann ich überhaupt nichts essen. Iß du mein Frühstück. Iß es, und guten Appetit, aber halt endlich den Mund und laß mich in Ruhe.» Sie schiebt den Teller von sich und vergräbt das Gesicht in den Händen. Sie nimmt den Teller und schmeißt, fürchterlich schluchzend, die Spiegeleier in den Müll. Sie geht nach oben. Die Kinder, die von dem katastrophalen Dialog der Heroen wach geworden sind, fragen sich, warum dieser schöne Tag, den der Herr geschaffen hat, denn eigentlich so katastrophal sein muß.

Cheevers Tagebuch ist aber nicht nur die Chronik einer zerrütteten Ehe. Als Seelenspiegel und Beichte ist es von einer Unerbittlichkeit, die an Dostojewski gemahnt. Ganz nebenbei ist es auch ein an Edward Hopper erinnerndes Panorama der Amerikanischen Provinz.

> Die Mädchen von Skidmore, manche von ihnen sind schön. Es schwimmt einem der Kopf. Achte mal auf die paar Zentimeter Schenkel, die du siehst, wenn sie ihre Fahrräder besteigen; achte mal darauf, wie sich der Fahrradsattel in ihren Hintern drückt. Manche, längst nicht so schön, haben Sinn für Humor und kommen damit durch. Manche haben überhaupt nichts. Es ist heiß, und wie in allen kleinen Orten klagen die Leute bitterlicher, als sie es in einem größeren Ort täten. Die breiten Veranden sind alle noch offen, mit ihren Strohmatten, Korbmöbeln, Tischen mit Vasen voller Blumen, Ausgaben des *Reader's Digest* und, um vier, einem Krug leckerer Limonade. «Das ist unser Freiluft-Wohnzimmer», sagt Mrs. L. Nachts brennt dort eine Bridge-Lampe. Beim Durchqueren des Parks, wo ich einmal eine Frau habe Ringelblumen klauen sehen, denke ich mit plötzlicher Liebe an meinen Sohn Federico, beschämt denke ich an die Auseinandersetzungen, die er miterlebt hat. Wie kann er denn in einem Haus, in dem es so viel

> Bitterkeit und Kälte gibt, zu einem aufrechten und tapferen Mann heranwachsen, wie er einer sein muß? Es tut mir leid, es tut mir von Herzen leid, mein Sohn. Ich liebe dich und werde versuchen, an deiner Seite zu bleiben. Es kommen Mädchen mit überschatteten Wangen vorbei, mit runden Wangen, mit gar keinen Wangen. Es bellen keine Hunde. Ist da eine Leinenordnung verfügt worden? […] Mich plagt irgendein Kreislaufleiden, ein Whiskeydurst und das bittere Rätsel meiner Ehe. Alle drei gehen Hand in Hand.

John Cheever erlag 1982 einem Krebsleiden. In seinen letzten Wochen hatte er noch mit Dankbarkeit gesehen, daß sein Sohn dem väterlichen Tagebuch offenbar großes Gewicht beimaß. Auch in diesem Fall dürfte das Tagebuch mehr noch als sein fiktionales Werk dafür sorgen, daß Cheevers Name nicht aus dem Kanon herausfallen wird.

Gespenst mit verzerrtem Mund

Wer also schreibt nun Tagebuch? Auch wenn die wenigsten davon im Druck erschienen, muß es ungezählte Tagebücher von Frauen gegeben haben, die darin ihr eigentliches Ausdrucksmedium fanden. Selbst ohne den *Room of*

One's Own, den Virginia Woolf für Frauen gefordert hatte, blieb ihnen dieses Mittel, sich auszudrücken, nicht verwehrt. Mochte ihnen der Zugang zu Bibliotheken und Universitäten verschlossen sein, das Tagebuch stand ihnen immer offen.

Frauen also, wenn auch unpubliziert. Kann man es statistisch noch weiter aufschlüsseln? Zumindest versuchsweise läßt sich die Verteilung nach verschiedenen Merkmalen ordnen. Wer katholisch geprägt ist, hat offenbar geringere Chancen, zum Tagebuchschreiber zu werden. Bei unklarer sexueller Orientierung steigen diese Chancen möglicherweise leicht; Problemdruck hilft immer. Bei Schriftstellern schießen sie rapide in die Höhe.

Wie August Graf von Platen, Thomas Mann, André Gide oder John Cheever erfüllte die 1882 als Tochter des eminenten Historikers Sir Leslie Stephen geborene Virginia Woolf alle drei Anforderungen. Sie wäre ein statistisches Monstrum, hätte sie nicht Tagebuch geführt. Daß ihre Tagebücher zu den einsamen Gipfelwerken der diaristischen Literatur zählen, war freilich nicht vorherzusehen. Auch dies ist ein viele tausend Seiten umfassendes Lebenswerk; auch dies ein Magnetberg, in dessen Nähe man sich nicht begeben kann, ohne Gefahr zu laufen, lange Zeit an ihm klebenzubleiben.

Die Muse des anti-viktorianisch gestimmten Bloomsbury-Kreises, in dem auch Churchill und der Ökonom

John Maynard Keynes verkehrten – diese Virginia Woolf, die später zur Mutter Teresa des Feminismus werden sollte und die 1925 mit *Mrs Dalloway* einen den größten Romane ihrer Zeit schrieb, zählt zu den merkwürdigsten und berührendsten Figuren der modernen Literatur.

Mit ihrem jüdischen Gatten Leonard Woolf lebte sie in glücklicher Josephsehe. Eine leidenschaftliche Affaire hatte sie mit der Schriftstellerin Vita Sackville-West, deren üppige Sinnlichkeit sie schätzt – «sie ist (was ich nie gewesen bin) eine richtige Frau» – und von der sie mit der mütterlichen Zuwendung überschüttet wird, die, «aus irgendeinem Grunde, das ist, was ich mir immer am meisten von jedem gewünscht habe».

Die in der Kindheit von ihrem Stiefbruder sexuell bedrängte Virginia Woolf war ameisenfleißig, wurde aber immer wieder zurückgeworfen durch Depressionen und psychotische Schübe, in denen sie Stimmen hörte, die ihr Obszönitäten zuriefen. Beim letzten dieser Schübe im März 1941 – für den Fall einer deutschen Invasion hatte sie schon mit Leonard den gemeinsamen Selbstmord geplant – stieg sie mit einem schweren Stein in der Manteltasche in den nahegelegenen Fluß Ouse. Sie könne Leonards Leben nicht länger ruinieren, schrieb sie in ihrem Abschiedsbrief. Erst drei Wochen später fanden spielende Kinder ihre Leiche.

In ihren Tagebüchern zeigt sich Virginia Woolf von ihrer stärksten Seite. Selbst wenn sie in Ohnmacht fällt, ihre Sprachkraft verläßt sie nie:

> Soll ich nun beschreiben, wie ich wieder in Ohnmacht gefallen bin? – Das heißt, die galoppierenden Pferde wurden wild in meinem Kopf letzten Donnerstag abend, als ich mit Leonard auf der Terrasse saß. Wie kühl es ist nach der Hitze! sagte ich. Wir sahen zu, wie die Downs sich in eine feine Dunkelheit zurückzogen, nachdem sie den ganzen Tag wie ein kompakter Smaragd geglüht hatten. Jetzt wurde das weich & fein verschleiert. Und die weiße Eule strich vorbei, um Mäuse aus der Marschwiese zu holen. Dann sprang mein Herz; & stand still; & sprang wieder; & ich schmeckte diese merkwürdige Bitterkeit hinten im Hals; & der Puls sprang in meinen Kopf & klopfte & klopfte, noch wilder, noch schneller. Ich fall gleich in Ohnmacht, sagte ich & rutschte vom Stuhl & lag auf dem Gras. O nein, ich war nicht bewußtlos. Ich war am Leben; aber besessen von diesem kämpfenden Gespann in meinem Kopf: galoppierend, stampfend. Ich dachte, etwas in meinem Kopf wird platzen, wenn das so weitergeht. Langsam wurde es dumpfer. Ich zog mich hoch, & schwankte, unendlich müh-

sam & voller Panik, jetzt wirklich der Ohnmacht nah & sah den Garten, wie er sich schmerzhaft in die Länge zog & verzerrte, zurück, zurück, zurück – wie lang mir das vorkam – konnte ich mich weiterschleppen? – zum Haus; & erreichte mein Zimmer & fiel aufs Bett. Dann Schmerzen wie bei einer Geburt; & dann schwand auch das langsam; & ich lag da & präsidierte, wie ein flackerndes Licht, wie eine äußerst besorgte Mutter, über die zerborstenen, zersplitterten Bruchstücke meines Körpers.

Virginia Woolf beobachtet so scharf und kühl wie Thomas Mann, hat aber die stärkere poetische Neigung und sprüht vor Metaphorik und Witz. Ihre in einer Viertelstunde vor dem Lunch hingeworfenen Eintragungen sind Ausdruck eines nie ermüdenden vibrierenden Geistes. Virginia Woolf gleicht einer zarten, wasserdurchpulsten, ihre Tentakel treiben lassenden und durchaus giftigen Meduse.

Ihre Portraits sind eine Klasse für sich. James Joyce, dessen *Ulysses* ihr Verlag Hogarth Press 1918 abgelehnt hatte, erscheint bei ihr wie ein langweiliger, egozentrischer Internatsschüler. Der erwähnte Keynes erinnert sie an einen vollgefressenen Seehund. Von T. S. Eliot behauptet sie, er benutze lila Puder, um sich ein distinguiert leichenhaftes Aussehen zu geben. Ein besonderer Stachel im Fleisch ist ihr die Erzählerin und Freundin Katherine

Mansfield. Wenn sie Hymnen über Katherine liest, bekommt sie «fürchterliche Zuckungen». Sie ist froh zu hören, daß K. neulich abend heruntergemacht wurde.

> Und warum? Teils weil ich das undeutliche Gefühl habe, daß sie Reklame für sich macht; oder Murry für sie macht; & außerdem sind ihre Erzählungen im Athenaeum wirklich schlecht; doch im Grunde meines Herzens muß ich sie für gut halten, da ich mich freue, wenn man sie heruntermacht.

Nach Mansfields Tod im Januar 1923 gesteht Virginia sich, sie sei auf ihr Schreiben eifersüchtig gewesen – «das einzige Schreiben, auf das ich je eifersüchtig war». Die Freundschaft war dabei so eng, daß Katherine ihr sogar anbot, sie würde Virginia ihr Tagebuch zum Lesen schicken. Der größte aller Vertrauensbeweise; aber er änderte nichts an Virginias schwachem Punkt. Was empfand Virginia Woolf bei der Nachricht von Katherines Tod im Alter von nur vierunddreißig Jahren? Dem Tod an der Krankheit, an der Katherine Mansfield schon viele Jahre litt und über die sie im Tagebuch schreibt:

> *Lungentuberkulose.*
> Der Mann im Zimmer neben mir hat die gleiche Krankheit wie ich. Wenn ich in der Nacht erwache, höre ich, wie er sich umdreht. Und dann hustet er.

> Und ich huste. Und nach einer Weile huste ich.
> Und er hustet wieder. So geht es eine Zeitlang fort.
> Bis ich glaube, wir seien zwei Hähne, die einander in einer falschen Dämmerung zukrähen. Von fernen, verlorenen Gutshöfen her.

Was also empfand Virginia Woolf bei der Nachricht von ihrem Tod?

> Einen Schock oder Erleichterung? – Eine Rivalin weniger? Dann Verwirrung, weil man so wenig empfindet – dann allmählich Leere & Enttäuschung; dann eine Deprimiertheit, von der ich mich den ganzen Tag nicht mehr erholen konnte. Als ich zu schreiben anfing, kam es mir vor, als sei das Schreiben sinnlos. Katherine wird es nicht lesen. Katherine ist nicht mehr meine Rivalin. […] Dann hatte ich immer wieder visuelle Eindrücke, die fortwährend auftauchten – immer von Katherine, die sich einen weißen Kranz aufsetzt & und uns verließ, auf Abruf; geehrt; auserwählt. Und dann bedauerte man sie. Und man spürte, daß sie sich sträubte, den Kranz zu tragen, der eiskalt war.

Sie erinnert sich an einen Besuch, bei dem Katherine wie eine japanische Puppe aussah, mit dem ganz gerade über die Stirn gekämmten Pony. «Sie hatte wunderschöne

Augen – ein bißchen wie die eines Hundes, braun, sehr weit auseinanderliegend, von einem ruhigen, bedächtigen ziemlich treuen & traurigen Ausdruck. Ihre Nase war spitz & ein bißchen ordinär.» Das letzte Beiwort konnte sie sich dann doch nicht verkneifen.

Auch post mortem bleibt sie präsent. Zwei Monate nach ihrem Tod meldet Virginia: «Die arme Katherine ist seit neuestem wieder zu Besuch auf der Erde; sie ist bei Brett zu Hause gesehen worden; von der Putzfrau.» Virginia empfindet das als «eine Strafe Gottes für das, was sie geschrieben hat». Hört das denn nie auf mit der Eifersucht? Bei Virginia Woolf jedenfalls nicht. Im Oktober denkt sie wieder an die Freundin und ihren langwierigen Tod,

> wie sie dalag in Fontainebleau – ein Ende, das kein Ende nahm; & dann der Gedanke, ja, wenn sie überlebt hätte, hätte sie weitergeschrieben, & man hätte gesehen, daß ich die Begabtere bin – das wäre nur immer offensichtlicher geworden.

So stellt sie sich Katherine ab und zu vor – «dieses seltsame Gespenst, mit den weit auseinanderstehenden Augen & dem verzerrten Mund, das sich durchs Zimmer schleppt», die Arme, «die ich auf meine Weise glaube ich liebte», wie sie am Ende des Eintrags dann doch hinzufügt.

Wie gesagt, eine zarte Meduse nicht ganz ohne Gift. Aber wie berührend wieder, wenn sie die Trauerphasen ihrer Schwester beschreibt, die ihren geliebten Sohn im Spanischen Bürgerkrieg verliert. Und wie poetisch ihre Landschaftsvignetten, die sie impressionistisch dahintupft: wenn sie in ihrem Cottage in Sussex, im *Monk's House*, aus dem Fenster die vorbeifahrende Eisenbahn sieht, «die Fenster des langen Zuges Flecken aus Sonne; der Rauch legt sich an die Waggons wie die Ohren eines Kaninchens. Die Kreidegrube glüht rosa; & meine Feuchtwiese ist saftig wie im Juni, bis man sieht, daß das Gras kurz & rauh ist wie ein Hundshairücken» – einer der vielen kühnen Vergleiche der Londonerin, die oft auch an Englands Küste den Blick schweifen ließ.

Das Tagebuch war für sie ein Skizzenbrett und diente auch als geistige Lockerungsübung vor dem eigentlichen literarischen Werk. Typischerweise sind es nun gerade ihre Tagebücher, die sich bis heute taufrisch gehalten haben und alleine genügen würden, den Namen ihrer Autorin zu verewigen – was man vielleicht nicht von jedem ihrer Romane sagen kann.

Wenn die Tagebücher das Romanschreiben aber auch befördert haben mögen, war der Gattungsunterschied doch immer klar. Es gibt keine Seite *fiction* von Virginia Woolf, die man mit einer Seite Tagebuch verwechseln könnte. Dienst war Dienst, und Schnaps war Schnaps, wie der Volksmund es forderte. Diese eindeutige Trennung der Genres besteht nicht bei allen großen Autoren.

Trauerspiel Weckdienst

Sehen wir uns einmal die folgende Beschreibung einer Norwegen-Reise an – wer den Verfasser oder die Verfasserin errät, bekommt ein Frei-Abo der Svolvaerer Symphoniker.

> Svolvaer. Die Straßen sind leer und hinter den Fenstern sind die Papierrouleaux heruntergezogen. Schlafen die Menschen? Es ist nach Mitternacht; aus einer Wohnung kommt das klappernde Geräusch einer Mahlzeit, aus einer andern Grammophonmusik. Jedes laute Wort, das über die Straßen hallt, macht diese Nacht in einen Tag umschlagen, der nicht im Kalender steht. Du bist unbefugt in die Magazine der Zeit gedrungen, und blickst auf Stapel unbenutzter Tage, die sich die Erde vor Jahrtausenden auf dies Eis legte. Der Mensch verbraucht in vierundzwanzig Stunden seinen Tag; diese den ihren nur alle Halbjahre. Darum blieben die Dinge so unvernutzt. Weder Zeit noch Hände haben die Blumen in den windstillen Gärten und die Boote im glatten Wasser berührt.

Errät man, wer das schrieb? Er oder sie schrieb auch im Tagebuch über die Traurigkeit des Silvesterabends:

> Es ist, als wenn der Mensch von seinem gesegneten Tische die Neige der Zeit, um seinen Becher auszuschwenken, in Natur vergießt, die nun mit Zeit besprenkelt verraten und hilflos dasteht.

Nein, das ist nicht die Dichterin Else Lasker-Schüler. Es ist aus dem Reisetagebuch Walter Benjamins. Dieser – trotz Aurakitsch – bildmächtigste und ungewöhnlichste deutsch-jüdische Essayist und Kritiker, der sich 1940 auf der Flucht vor den Nazis im spanischen Grenzort Portbou das Leben nahm, war schlechterdings nicht in der Lage, auch nur für eine Sekunde unter sein Niveau zu gehen. Ob Benjamin über das Verstecken von Ostereiern oder das Zusammenfalten von Strümpfen schrieb, die Prosa war immer auf derselben Höhe. Wahrscheinlich waren noch seine Einkaufszettel literarische Pretiosen. Darum gibt es bei ihm auch keinen Unterschied zwischen Tagebucheintragungen und Notizen für nachmals berühmte Essays. Benjamin ist überall derselbe, in welcher Gattung er sich auch gerade bewegt. Darin gleicht er der anderen großen Ausnahme der deutschen Literatur. Doch bevor wir uns diesem Autor zuwenden wollen, dem Benjamin einen großen Essay gewidmet hat, werfen wir noch einen Blick in seine Reisetagebücher. Benjamin zeigt darin zwei, drei Züge, die man sonst nicht von ihm kennt.

1932 läßt er sich auf Ibiza über eine Kunst unterrichten, die in seinem Repertoire bislang fehlte. Es handelt sich um die Kunst des Eidechsenfangs.

> Es gibt viele Arten Eidechsen zu fangen: sie scheinen aber alle auf der großen Neugier der Tiere zu beruhen. Wer weiß, welche biologische Ursache diese Neugierde haben mag: die des Nahrungstriebs jedenfalls kaum. Denn einerseits bleiben sie ohne weiteres drei, vier Wochen, ohne etwas zu fressen (weswegen sie sich so leicht verschicken lassen), andererseits werden sie nicht müde, auch das Ungenießbarste, etwa eine Hand, zu beäugen, wenn sie ihnen merkwürdig ist. Mit dieser Neugier rechnet man, wenn man Fallen stellt. Das einfachste ist eine tiefe, offene Konservenbüchse mit einem stark aromatischen Köder – Käse, Fisch, Wurst – auf dem Grunde in den Boden zu graben; nach einigen Tagen findet man in ihr eine Anzahl der Tiere, die an den glatten Wänden nicht wieder heraufklettern konnten. Andere, mißtrauischere, muß man in haardünnen Schlingen fangen, die mit irgendeinem aromatischen Stoffe bestrichen sind, damit das Tier sie beschnuppert. Die sonderbarste Fangart aber

soll im Altertume geübt worden sein. In eine Schlinge nämlich habe man eine große Speichelblase hineinfallen lassen und [nun] diese nun als einen Spiegel gleichsam dem Tiere entgegengehalten. Im Augenblick, da das Tier in die Höhlung vorstieß, zog der Fänger die Schlinge zu.

Benjamin auf subtilen Jagden. Ein anderer Charakterzug, etwas Hilfloses, Devotes, tritt in seiner Begegnung mit Bertolt Brecht hervor. Es ist seine schlechte Menschenkenntnis. Wie kann er nur auf diesen aasigen Charakter hereinfallen? Ungerührt, und von Benjamin mit keinem Widerwort bedacht, entwickelt der größte deutsche Lyriker seines Jahrhunderts im Mai 1931 an der französischen Riviera einen «Fünftageplan», den er als Mitglied eines Berliner Exekutivkomitees ausarbeiten würde. Diesem Plan zufolge wären in dieser Frist «wenigstens 200 000 Berliner zu beseitigen».

Sei es auch nur, weil man damit «Leute hineinzieht». «Wenn das durchgeführt ist, so weiß ich, da sind mindestens 50 000 Proletarier, als Ausführende, beteiligt.»

Wer immer Brecht als politischen Aufklärer gegen den zaudernden Reaktionär Thomas Mann ausspielt, wie es so lange Mode war, lasse sich diesen wenig bekannten Plan auf der Zunge zergehen. Zweihunderttausend Berliner in fünf Tagen – *wenigstens*, da war Brecht generös –, vermutlich neben den Wehrmachtsleuten, dem Freikorps und den Stahlhelmern bevorzugt Industrielle, Junker, Großbürger, Bankiers, Journalisten der falschen Couleur – doch, das hätte auch dem Genossen Stalin gefallen. Was bald darauf in Berlin von den neuen Machthabern exekutiert wurde, blieb noch eine Weile hinter den Brechtschen Maßgaben zurück.

In der Sowjetunion war man schon etwas weiter, man hatte ja auch schon früh damit begonnen. Im selben Jahr, in dem Brecht dem devoten Freund seinen Fünftageplan vorlegt, erzählt in Paris ein ehemaliger Moskau-Korrespondent des *Corriere della Sera* dem Tagebuchschreiber Harry Graf Kessler beim Tee von seinen Erfahrungen in den Tscheka-Gefängnissen. Zweimal war er dort eingesessen, einmal sechs Wochen lang. Zu essen gab es hundert Gramm Schwarzbrot und eine stinkende Fischsuppe. Jeden Samstag wurden im Keller unter seiner Zelle Gefangene erschossen, was so klang, als ob Türen laut zugeschlagen würden. Länger als zwei Jahre habe es kein bolschewistischer Henker ausgehalten, dann seien sie alle verrückt geworden. «Die Sanatorien an der Krimküste seien voll von wahnsinnig gewordenen Henkern gewesen.»

Nicht zuletzt durch den Einfluß Brechts war Benjamin schon im Winter 1926 mit dem Regisseur Bernhard Reich ins Land der Hoffnung nach Moskau gereist. Das Tagebuch, das er über diese Erkundung des Sowjetstaats führt, zeigt einen weiteren Zug, der beim Verfasser des *Ursprung des Deutschen Trauerspiels* sonst nicht heraussticht: Humor. Benjamin ist, wie so oft, unglücklich verliebt, ausgerechnet in Reichs Lebensgefährtin, die sie in Moskau besuchen, die lettische Schauspielerin Asja Lacis, die ihn am ausgestreckten Arm verhungern läßt. Er hat aber noch andere Sorgen. Er schläft gerne lang und wacht morgens nicht von alleine auf. Die Sorge war, wie das kommunistisch-dienstunwillige Personal in ihrem Hotel den Weckdienst gestalten würde.

> Der Mann auf die Frage, ob wir geweckt werden könnten: «Wenn wir daran denken, dann werden wir wecken. Wenn wir aber nicht daran denken, dann werden wir nicht wecken. Eigentlich, meistens denken wir ja daran, dann wecken wir eben. Aber gewiß, wir vergessen es auch manchmal, wenn wir nicht daran denken. Dann wecken wir nicht. Verpflichtet sind wir ja nicht, aber wenn es uns zur rechten Zeit einfällt, dann tun wir es doch. Wann wollen sie denn geweckt sein? – Um sieben. Dann wollen wir das aufschreiben. Sie sehen ich tue den Zettel dahin, er wird ihn doch finden? Natürlich, wenn er ihn nicht findet, wird er nicht wecken.

> Aber meistens wecken wir ja.» Am Ende wurden wir natürlich dann nicht geweckt und man erklärte: «Sie waren ja wach, was sollten wir da noch wecken.»

Das ist Benjamin zwischen Beckett und Karl Valentin. Oder auch zwischen Valentin und Franz Kafka – der erwähnten anderen großen Ausnahme.

Auch du hast Waffen!

Auch Kafkas Tagebücher sind eine literarische Form für sich und gehören genauso zum Werk wie die Schreibhefte, in denen seine Fragmente entstehen. Es ist unmöglich, einen Unterschied der Prosa zu entdecken. Kafka kennt beim Schreiben keinen hohen oder niedrigen Stil, er hat immer die gleiche Stimme, und ein Traumprotokoll klingt nicht fremder und rätselhafter als eine kurze Erzählung. Besonders kryptisch wird es, wenn Kafka im Tagebuch den Schreibprozeß selbst umkreist, der zu seiner Verbitterung manchmal ins Stocken gerät.

Hier eine Passage aus dem Jahr 1910, als er sich nach einer längeren Pause wieder dem Tagebuch offenbart.

> Endlich nach fünf Monaten meines Lebens, in denen ich nichts schreiben konnte womit ich zufrieden gewesen wäre und die mir keine Macht ersetzen wird, trotzdem alle dazu verpflichtet wären, komme ich auf den Einfall wieder einmal mich anzusprechen. Darauf antwortete ich noch immer, wenn ich mich wirklich fragte, hier war noch immer etwas aus mir herauszuschlagen, aus diesem Strohhaufen, der ich seit fünf Monaten bin und dessen Schicksal es scheint, im Sommer angezündet zu werden und zu verbrennen, rascher als der Zuschauer mit den Augen blinzelt.

Dazu immerhin war das Tagebuch gut, es brachte den Schreibprozeß wieder in Gang. Eigentlich hatte Kafka einen Haß gegenüber aktiver Selbstbeobachtung, er will sich lieber ruhig ertragen, «ohne voreilig zu sein, so leben wie man muß, nicht sich hündisch umlaufen». Es ist das Gegenprogramm zu dem Vorsatz, mit dem Gombrowicz sein berühmtes Tagebuch beginnen wird: «Montag Ich. Dienstag Ich. Mittwoch Ich. Donnerstag Ich.» Genau das will Kafka nicht. Aber wenn er anders nicht ins Schreiben kommt?

Einen Absatz später in der Passage, in der er über das Rätsel seiner Schreibhemmung grübelt, vergleicht Kafka sich mit japanischen Gauklern,

> die auf einer Leiter klettern, die nicht auf dem Boden aufliegt, sondern auf den empor gehaltenen Sohlen eines halb Liegenden und die nicht an der Wand lehnt, sondern nur in die Luft hinaufgeht. Ich kann es nicht, abgesehen davon, daß meiner Leiter nicht einmal jene Sohlen zur Verfügung stehn. Es ist das natürlich nicht alles, und eine solche Anfrage bringt mich noch nicht zum Reden. Aber jeden Tag soll zumindest eine Zeile gegen mich gerichtet werden wie man die Fernrohre jetzt gegen den Kometen richtet. Und wenn ich dann einmal vor jenem Satz erscheinen würde, hervorgelockt von jenem Satze, so wie ich z. B. letzte Weihnachten gewesen bin und wo ich so weit war, daß ich mich nur noch gerade fassen konnte und wo ich wirklich auf der letzten Stufe meiner Leiter schien, die aber ruhig auf dem Boden stand und an der Wand. Aber was für ein Boden! was für eine Wand! Und doch fiel jene Leiter nicht, so drückten sie meine Füße an den Boden, so hoben sie meine Füße an die Wand.

Dieses Auf-der-Leiter-Stehen war sein angestrebter Zustand, wie Peter von Matt in einem bravourösen Essay dargelegt hat. Kafka lebte um des Schreibens willen; er lebte nicht um des Geschriebenen willen. Das sei vielleicht das Wichtigste, was man von diesem Autor wissen müsse.

Wenn Kafka schrieb, wenn er eintrat in den Zustand des Schreibens, waren alle Fragen gelöst.

Das ist sicher richtig gesehen. Nur hat sich dieser Zustand der glücklichen Inspiration im Lauf der Jahre geändert. Bei der letzten Tagebucheintragung im Jahr 1923, ein Jahr vor Kafkas Tod, ist die Inspiration einem anderen Zustand gewichen. Sie ist ins Dämonische gekippt.

> Immer ängstlicher im Niederschreiben. Es ist begreiflich. Jedes Wort, gewendet in der Hand der Geister – dieser Schwung der Hand ist ihre charakteristische Bewegung – wird zum Spieß, gekehrt gegen den Sprecher. Eine Bemerkung wie diese ganz besonders. Und so ins Unendliche. Der Trost wäre nur: es geschieht ob du willst oder nicht. Und was du willst, hilft nur unmerklich wenig. Mehr als Trost ist: Auch Du hast Waffen.

Welch ein Schlußwort für einen Autor, der die testamentarische Anordnung gab, sein Werk zu verbrennen, und von seinem weltumspannenden Nachruhm nichts ahnen konnte. «Auch Du hast Waffen» – gibt es etwas Ergreifenderes als diese Mischung aus Bescheidenheit und Stolz? Im Trost, der in diesem Bewußtsein liegt, in diesem «Auch Du hast Waffen», versteckt sich ein weiterer Sinn des Tagebuchs.

Kranke Eulen

«Von einer Last befreit, um eine Waffe beraubt.» So faßt ein Schriftsteller aus heutigen Tagen sein Gefühl zusammen, als er seinen letzten Tagebucheintrag macht. Der 1964 geborene Schriftsteller Helmut Krausser hatte sich das Tagebuch als streng befristetes Projekt vorgenommen; eine Auswahl daraus hat er unter dem nicht zuviel versprechenden Titel *Substanz* vorgelegt.

Wieder also, wie bei Kafka, das Tagebuch als Waffe. Eine ganze Waffenkammer, fast tausend Seiten stark, erschien im selben Jahr wie *Substanz*; wie es überhaupt in der letzten Dekade in Deutschland eine auffällige Häufung von publizierten Dichtertagebüchern gab – jedes auf seine Art bemerkenswert. Für Furore sorgte das tausendseitige Tagebuch des Fritz J. Raddatz, das die Jahre von 1982 bis 2000 umspannt. Die Kritikerin Elke Heidenreich las das Mammutwerk mit gemischten Gefühlen und ein wenig betreten; kein Wunder bei Raddatz' Schwanken zwischen tiefen Minderwertigkeitsgefühlen und arrogantem Hochmut – «eine gefährlich explosive Mischung für alle, die da in die Nähe geraten». Überall sei Gift ausgelegt, man ersticke daran: «Das Gift der Überheblichkeit, der Mißgunst, des bösen Klatsches.»

Bei allem berechtigten Augenverdrehen über Raddatz' Klatschsucht und Eitelkeit haben seine Tagebücher aber doch etwas Eindringliches. Eitelkeit? Geschenkt – da gibt es ohnehin ein starkes Gedränge am oberen Skalenrand. Aber wenn sich eine vor nichts zurückschreckende, auch sich selbst nicht schonende Ehrlichkeit zu ihr gesellt und ein für fremde Eitelkeiten entsprechend feinjustierter Blick, entfaltet sich ein Sittenbild der *literari*, das man nur grausig nennen kann. All die hohen Namen und literarischen Würdenträger, die mit Raddatz auf Du und Du waren – alles sind es Lemuren des «Ich, Ich, Ich». Bis auf den Maler Paul Wunderlich ist keiner mit anderen als jenen drei Themen befaßt. Und alle nutzen sie ihn aus und lassen sich von ihm einladen, ohne es ihm je zu danken.

31. 10. 1983

Abendessen mit dem – wiederversöhnten – Fichte, obwohl ich manchmal finde, mit ihm verkracht zu sein, ist weniger anstrengend. Er ist so zunehmend tickhaft, daß eigentlich ein ernsthaftes Gespräch gar nicht mehr möglich ist, seine schrillen Töne sind noch schriller – und damit auch weniger amüsant – geworden, und die offenbar ernst gemeinte Beteuerung, daß ALLE – von Inge Feltrinelli bis zum armen Michael Krüger, auch Augstein, auch die Gräfin – OSTAGENTEN seien, alle im Solde Moskaus:

> also was soll man dazu sagen. Ich versuchte, mich nicht allzu ernst auf das einzulassen und mich in (zu) teuren Champagner zu flüchten; eine Einladung übrigens, die er – nicht sehr nett – quittierte mit einem «Na, das zahlt ja doch der Bucerius» (was nicht stimmt). Schlimm war vor allem das Ende des Abends – als ich nämlich, möglichst casual, von dem demnächst von mir erscheinenden Prosabuch sprach (die Rowohlt-Kataloge sind ja raus, es wissen nun ohnehin alle Leute), wurde sein Gesicht aschfahl, häßlich vor Wut, er konnte nur noch wütenden Unsinn wie «Das ist zu früh» hervorstoßen (was ja bei einem 52jährigen wahrlich nicht stimmt, eher «zu spät»). Des Rätsels Lösung ist wohl, daß ER mich literarisch «verarbeiten» wollte, Gott behüte – und nun ist ihm das Thema vom Opfer selbst gestohlen worden.

So mit Fichte, und mit Grass ist es nicht viel besser. Als Gast bei ihm kommt Raddatz zu dem ernüchternden Schluß:

> Ich bin das Trampolin, für alles und alles. Also: refaire sa vie? Ich könnt ja auch in Portugal – oder sonstwo – leben, könnte (sollte?) mein Leben umstellen. Nur: alleine geht das nicht. Ginge es ÜBERHAUPT, egal mit wem?

Im Grunde, glaubt Raddatz, im Grunde gehöre er, jüdisch und homosexuell, einfach nicht dazu. Champagnergelage und Porschetouren und Selbstlob-Orgien sind die traurigen Versuche, das Gefühl des ewigen Außenseitertums zu verdecken.

Dennoch: Wer etwas über Deutschland in der Nachwendezeit erfahren will, lese lieber diese Tagebücher als Romane. Auch wenn sie sich in der Lemurensphäre der Kulturzirkel bewegen, werfen sie genügend Seitenblicke auf die wirkliche Welt. In der Szene, in der Raddatz nach dem Mauerfall losgeht und jedem Trabi eine Tafel Schokolade an die Windschutzscheibe steckt, nur um sich selbst zu fragen, ob das «Glasperlen für die Neger» seien – doch, er schreibt Neger –, allein in dieser Vignette ist das erfaßt, was zwischen Ost und West an Mißmut-Potential bis heute vor sich hin brodelt und zischt.

Ein anderer Fall, und ebenso kapital, ist das Tagebuch Walter Kempowskis, der 1948 bei einem Besuch in Rostock vom sowjetischen NKWD wegen Spionage verhaftet wurde und im Zuchthaus Bautzen acht Jahre lang einsaß. In den ersten Verhören hatte er seine Mutter verraten, worüber er zeit seines Lebens nicht hinwegkam. Als zunehmend erfolgreichem Romancier und unermüdlichem *Echolot*-Chronisten blieb ihm – seine zweite große Wunde – die Anerkennung der Literaturkritik über Jahrzehnte verwehrt, weil er keine avantgardistischen Mätzchen machte und als spießig galt, nur weil er Spießigkeit darstellte, und weil er als DDR-Geschädigter politisch nicht im Mainstream mitschwamm. So wie Raddatz darunter litt, daß sein Roman *Kuhauge* ein weniger schallendes Echo hervorrief, als er sich erhofft hatte (außer in Frankreich, wie zu betonen er nicht müde wurde), so litt Kempowski bis zum Schluß daran, daß er nicht den Büchnerpreis bekam – was der Deutschen Akademie in der Tat nicht das beste Zeugnis ausstellt. Erst im Jahr 2007, als der schwer Erkrankte schon nicht mehr zur Zeremonie erscheinen konnte, kostete er die Befriedigung, vom deutschen Bundespräsidenten – korrekt: Köhler – als Volksdichter geehrt zu werden – der glücklichste Tag seines Lebens, wie er gestand. Auch das Feuilleton war inzwischen umgeschwenkt und goß endlich das Salböl des Lobs auf sein Haupt.

In Kempowskis Tagebüchern mischt sich ein grummelnder, grantelnder Unterton, der gut zu seiner ausgeprägten Knickrigkeit paßt, mit luzider Selbstironie – «Renate sagt, ich sähe wie eine kranke Eule aus. Ich *bin* eine kranke Eule.» Und wie Raddatz ist er von rücksichtsloser Ehrlichkeit auch dem «schäbigen Rest» gegenüber, als den Arno Schmidt das empirische Schriftsteller-Ich bezeichnet hatte.

Was Raddatz betrifft, so hatte Kempowski ihn nach dessen Entlassung bei der *Zeit* sogar gefragt, ob er ihm

Geld leihen solle! Heroisch, für diesen Geizer. Raddatz vermerkt es dankbar im Tagebuch und fügt die Beobachtung an:

> Leicht bizarr allerdings die Situation, daß da zwei Leute bei Tisch sitzen, die sich ganz unverhohlen erzählen, daß sie Tagebuch führen («ich notiere JEDEN EINZELNEN TAG»), also wissen, daß spätestens anderntags der eine über den anderen und der andere über den einen irgendwelche Notizen macht: Zeitweise kam es mir vor, als sprächen zwei Spiegel miteinander und ich spürte, wie es in mir zuckte: «Das muß ich aufschreiben.»

Aber es fiel der Name Arno Schmidts. Er war der Pate für viele der ihm nachfolgenden Egozentriker und soll darum nicht übergangen werden. Auch er ist uns im Tagebuch überliefert, allerdings nicht in seinem eigenen, nur partiell publizierten, sondern in dem seiner Frau. Es ist ein Dokument des leise schnurrenden Schreckens. Doch bleiben wir noch einen Moment bei den Zeitgenossen der kranken Eule.

Es ist verboten, Herzen in den Fels zu ritzen!

Ähnlich wie bei Kempowski, und doch verzwickt anders, liegt der Fall bei *Tabu I*, dem einschlägigen Kürzel des von 1989 bis 1991 reichenden – und damit ebenfalls die innerdeutsche Wende überspannenden – Tagebuchs des ein Jahr nach Kempowski verstorbenen Peter Rühmkorf, in dem manche den Pepys des 20. Jahrhunderts sehen. Der Lyriker Rühmkorf, mit Kempowski und Raddatz prekär befreundet – «Rühmkorf nimmt alles übel», schreibt der letztere über ihn –, ist der zarteste, fragilste, hypochondrischste und innerlich vielleicht eisigste der großen Diaristen. Politisch mäandert er, wo Kempowski nüchtern den Pfad hält; poetisch übertrifft er alle seine Altersgenossen. «Entweder Photosynthese oder Schlachthof – Es hätte nie über die Silberdisteln hinausgehen dürfen» – ein Tagebucheintrag, der die Gottfried-Benn-Nachfolge erkennen läßt, in die sich Rühmkorf ohne Anmaßung stellen darf. Ein großer Lyriker, der ein virtuoses Tagebuch hinterlassen hat, auch wenn er schon 1971 argwöhnt: «Wer Tagebuch führt, beginnt sich aufzugeben.» Später bezeichnet er sein Journal als «Merkhilfe – Gedächtnisstütze – Tränenkrüglein – Rotzlappen». Auch über die notwendige Sofortbenutzung des Krügleins macht er sich Gedanken. «Wenn ich diese Notizen nur 5-6-7-8 Jahre liegenlasse», schrieb er über das *Tabu*, «hat sich das sausende *Es ist jetzt – Es ist heute – Es ist hier* wie unter der Hand zum beruhigten *Es-war-einmal* abgeklärt. Und bei alledem niemals wissen, was deine letzten Worte sind …» Eine kranke, aber zähe Eule auch er und wie alle andern nur auf eines erpicht: «und rappel-rappel-rappel immer vergnügt und komplimentenhungrig und möchte für ewig und drei Tage unentwegt geliebt, gelobt und bestätigt werden». Eine neugierige Eule übrigens auch, schreckt er doch nicht davor zurück, sich in Raddatz' Wohnung ins Badezimmer zu schleichen und auf Zettelchen die Assemblage der Hautcremes zu notieren.

Worauf aber läßt es blicken, wenn Rühmkorf beim Tod der Mutter nichts als ein paar Lyrismen zu Papier bringt? Nicht vielleicht doch auf ein neurotisch vereistes Herz? Welcher Kontrast jedenfalls zum herrlichen Georg Christoph Lichtenberg, wenn wir um zwei Jahrhunderte zurückspringen dürfen. Lichtenberg hält 1791 im Tagebuch fest:

> Ich bin um 4 Uhr auf. Der Erfurter Mohn blüht noch sehr schön. Matt in den Beinen. […] Meine ganze Erbschaft erhalten. 1 Tischtuch und 12 Servietten! vortreffliche Mutter deine Schuld war es

nicht verklärter Engel. Ich gehe barfuß und im
bloßen Hemd. Hitze sehr groß.

Um die Uhr wieder auf unsere Zeit vorzudrehen: Dauerbeleidigt wegen mangelnden Ruhms sind sie allesamt, ob Raddatz, Kempowski oder Rühmkorf; selbst Martin Walser, hört man, leide darunter, daß er im Ausland weniger bekannt sei als Grass, der seit seinem Nobelpreis immerhin keinen Grund mehr zur Klage hat. Auch Helmut Krausser, Vertreter der mittleren Generation, hadert mit der noch immer ausbleibenden offiziellen Bestätigung des Genieverdachts. Krausser ist dabei nicht eitel, sondern sympathisch-querulantisch und scharfsinnig. Vor allem ist er ein Beobachter und Raconteur von Rang. Beim Literaturwettbewerb am Wörthersee schnappt er 1995 ein schönes Mißverständnis auf:

> Das schönste Malentendu vom diesjährigen
> Klagenfurz entstammt einem Verlegergespräch:
> «Haben Sie auch einen Autor hier?»
> «Nein, ich bin mit der Bahn da.»

Hätte Krausser den Bachmann-Preis gewonnen, hätte er vielleicht sogar das «z» zum «t» rückkorrigiert.

Wo immer er im Ausland unterwegs ist, hält Krausser die Ohren und Augen auf und entdeckt dabei mehr als der Alltagstourist. In Italien besichtigt er nördlich von Rimini das Modell «Minimundus», das die italienischen Sehenswürdigkeiten im Maßstab 1:50 nachbaut. Man kann mit der Schwebebahn darüberfahren, aber auch zwischen den Modellen herumtrotten wie Gulliver. Krausser bemerkt dabei, daß sich auf den Miniaturtreppen der Modell-Pallazi Eidechsen sonnen. Sie wirken drachengleich oder zumindest wie Alligatoren ... In einem südfranzösischen Ockerbruch entdeckt er ein Piktogramm, das bedeutet: «Es ist verboten, Herzen in den Fels zu ritzen!» Als er durch die französische Stadt Salon fährt, die Heimatstadt des Nostradamus, berichtet er die Geschichte von dessen unglücklichem Sohn: Ein weit weniger begabter Prophet als sein Vater, unter dessen Last er litt, lag er mit allen Voraussagen daneben. Als dann auch noch die Stadt Pouzin, deren Brand er prophezeit hatte, partout nicht in Flammen aufging, zündete er sie kurzerhand selber an und wurde dafür hingerichtet.

Auch musikgeschichtlich lernt man bei Krausser dazu. Eine alte Dame erzählt bei einem Dinner von ihrem aufregendsten musikalischen Erlebnis: als ihr Igor Strawinsky nach einem Konzert die Tür aufgehalten und vor ihr einen Diener gemacht habe. Ein Gast fragt nach, wann das denn gewesen sei? Die Dame nennt das Jahr 1972. Als Strawinsky also schon längst unter der Erde lag. Der taktlose Zweifler fragt weiter: Woher sie wisse, daß es auch wirklich Strawinsky gewesen sei? Entrüstete Gegenfrage: Traue man ihr nicht zu, den großen Strawinsky zu erkennen? Ein kleines melancholisches Schweigen senkt sich über den Tisch. Bis die alte Dame im Tonfall der Verklärung seufzt: Strawinsky – das sei noch ein gepflegter Mensch gewesen … «Wißt ihr … er war damals bereits sieben Jahre tot – aber er hat überhaupt nicht gerochen.»

Großer Nödl

«Nödl entwirft & arbeitet einen neuen Tauchsieder. Eine wahrhaft göttliche Form», notiert Alice im Mai 1949 im Tagebuch. «Da steht er in seiner Wolkenkratzermäßigen Schlichtheit und Größe. Genial! Großer Nödl!»

Besagter Nödl wurde der in der Tat genialste und jedenfalls sprachmächtigste Schriftsteller der deutschen Nachkriegszeit, wobei er sich über diese Eingrenzung womöglich empfindlich gezeigt hätte – es gab, bei großer Konkurrenz, wohl nur wenige Autoren, die noch ehrpussliger waren als der von seinen Görlitzer Mitschülern «Allah» genannte Arno Schmidt. Das Tagebuch seiner Frau, der 1916 in Schlesien geborenen Gärtnerstochter Alice Murawski, die den Lehrling als Sekretärin der Greiff-Werke kennengelernt und 1937 geheiratet hatte, liest man mit ebensoviel Beklemmung, wenn sie Nödl über den grünen Klee lobt, wie wenn sie verhalten klagt. Alice lebte ganz im Schatten und Dienste dieses Mannes, der aus dem Krieg so verändert zurückkam, daß sie ihn nicht wiedererkannte, und der seither ausschließlich und zunehmend selbstzerstörerisch für eines lebte, für seine Literatur. Alice wurde, nachdem er ihr verboten hatte zu arbeiten, seine Privatsekretärin. Sie bemühte sich, mit ihm standzuhalten, sie war seine erste Leserin, die sich freilich mit selbst hauchzarter Kritik zurückhalten mußte und auch beim Schachspiel besser nicht zweimal hintereinander gewann; sie tippte all seine Manuskripte ab, sie hatte den Haushalt zu versorgen (und wie ungern! – der Tag des ersten Staubsaugerkaufs war ihr ein *jour de gloire*); sie hatte ihren Mann über Anfälle von Impotenz zu trösten, ihn zum Kleiderkauf zu überreden und sich alle Gedanken an eigene Vergnügungen aus dem Kopf zu schlagen.

Denn ihr Nödl, der in Hundertstundenwochen immer tiefer in seinem Werk versinkt – und dem die deutsche Literatur einige ihrer schönsten Titel verdankt: *Seelandschaft mit Pocahontas, Kühe in Halbtrauer, Abend mit Goldrand, Zettel's Traum, Der sanfte Unmensch* –, ihr Nödl, sagten wir, war nicht nur schroff und voller Komplexe und eine Mimose, gegen die noch Virginia Woolf als stoisch erscheint, er war auch krankhaft eifersüchtig. In Darmstadt, wohin sie 1955 aus dem katholischen Kastel bei Trier aus Angst vor einer Anklage wegen Pornographie gezogen waren (zu wenig Seelandschaft, zu viel Pocahontas), hätte Alice zum ersten Mal die Möglichkeit gehabt, wenigstens alle paar Wochen einmal unter Leute zu kommen. Aber weit gefehlt; Arno schlägt alle Einladungen des Malerfreundes Eberhard Schlotter aus, bewilligt kein Essen im Kellerclub und keinen Tagesausflug, geschweige denn Fahrten ans Meer. Alice bleibt der wahre Grund nicht verborgen.

> Frau Licht putzt alle Fenster und Türen.
> (2 Std. f. 2,– DM.) [...] – Übrigens schäkerte A.
> recht unziemlich mit der Frau Licht «Komme raus,
> Sie auf dem Stuhl halten» (beim Fensterputzen)
> und sie hat auch einen Staubsauger, sollten wir uns
> mal ansehen. «Ja, ich komme alleine zu Ihnen.» –
> Gewiß, nur Zungensünden, aber das alberne Benehmen von A. ärgerte mich doch, war mir aber
> zu albern, mir den geringsten Ärger merken zu
> lassen, so lachte ich nur mit. Wenn aber Schlotter
> kommt, ist A. so eifersüchtig. Wenn ich so was
> sagte, oder der, dann wäre Polen offen! – Hinterher
> redete er dann abfällig von Fr. Licht: wäre so ne
> richtige kesse Nutte. (23.1. 1956)

Vor ähnlichen Apostrophierungen ist nicht einmal Alice sicher:

> «Nischt wie Ärger macht das Luder![»] (sic! Das L. soll ich sein! sic! So beginnt A's Morgen!!

So beginnen Alices Morgen. Sie lernt damit zu leben, daß sie nicht nur nicht ausgehen darf, sondern daß Arno auch Besuch nur zähneknirschend empfängt. Sobald die Tür hinter dem Gast ins Schloß gefallen ist, wird über ihn hergezogen. Als der Verleger Ernst Krawehl sie besucht, dem Schmidt viel zu verdanken hat, notiert Alice anschließend, wie immer willig und Nödl-treu:

> und da tänzelt er auch schon herein, sich mehrfach auf den Zehenspitzend wendend und drehend. (Echter Hinterlader, die nur machens so, sagt später Arno!)

Der angebliche Pornograph und scheinbare Freigeist blieb doch sein Leben lang ein Polizistensohn und Spießer vor dem Herrn. Wieviel freier dagegen, frei auch vom Geist der Fünfziger, erscheint da der Schöpfer der *Strudlhofstiege* und der *Dämonen*, der katholische Heimito von Doderer!

Den wiederum hatte, überraschende Verbindung – und dann gleich mehr zu Doderer –, ein Förderer Arno Schmidts schon kurz nach dem Krieg zu einer Lesung eingeladen: Wilhelm Michels, Philologe, Gründer einer Privatschule im Taunus und Schmidts großzügigster Mäzen.

Wenn Michels in seinem Opel Kapitän bei den Schmidts vorfuhr, war es eine halbe Ausnahme von der Regel, daß Besuch nur lästig fiel. Die Listen, die Alice nach solchen Visiten niederlegt, beben geradezu vor Freude; ein seltener Gast bei den Schmidts.

> Packten dann ihr mitgebrachtes aus: 1 Neskaffee, 2 Schokoladchen, 1 Beutel Erdnußkerne, 4 Apfelsinen, 4 Äpfel, 1 Brikäse, 1 kl. Schinken, 1 Edamerstückchen, 1 T. Zwieback, ca 100 g. Tee, 1 ℔ Palmin, 2 ℔ Margarine, 1 ℔ gute Butter, 1½ ℔ Spaghetti, 6 feine Suppen (3 DM wert) – 5 ℔ Reis, 1 ℔ Haferflocken, 5 ℔ Zucker, 1 ℔ Kaffee, 1 gr. D. Milch, 1 D. (2) Rouladen, 1 ℔ Nudeln, 1 ℔ Makkaroni, 1 ℔ Haferflocken, ½ ℔ Schokoladenpudding, 1 Dose Fisch, 1 D. Ölsardinen, – Good [sic] bless them!

Dennoch, eine halbe Ausnahme nur – eine echte war es dann doch nicht. Was Arno über den Spender bemerkt, zeugt nicht eben von Dankbarkeit. «Quatschen bis in die Nacht», steht in seinem Tagebuch unterm 13. 7. 59; «ein widerlicher Geselle, der Michels!»

Wagt er es doch öfter, dem Meister zu widersprechen. Der aber konnte Kritik noch weniger vertragen als seine Kollegen, da war schon ein Molekül zuviel – selbst seine lebenslang falsche Verwendung des Wortes «scheinbar», das er synonym für «anscheinend» gebraucht, ließ er sich nicht ausreden. Allah am Zeuge flicken? Dann lieber auf die einsame Insel, wo man sicher war vor Kränkungen, wo niemand seine Eifersucht erregen konnte und niemand Kritik-Partikel versprühen. «Laß uns bloß raus machen», beschließt er 1956 in Darmstadt. «Ein Baräckchen in der Heide. –» Das Baräckchen – oder der «Schafstall», wie Alice schreibt – fand sich zwei Jahre später für knapp 17000 DM, die ihm wieder Michels lieh, widerlicher Geselle hin oder her, in der südlichen Lüneburger Heide in dem Dörfchen Bargfeld, das durch Schmidt zu einem Ort der Hochliteratur geworden ist. Alice sollte es bis zu ihrem Tod im Jahr 1983 nicht mehr für länger als ein paar Tage verlassen.

Mit einem Schlag alle zudringlichen Bekannten los – was für ein Coup! Aber Arnos Kalkül ging nicht auf. Weniger Besucher, gewiß, auch wenn Michels sich nicht abschütteln ließ und nach seiner Pensionierung sogar nach Bargfeld zog. Doch vor der Eifersucht war Schmidt auch in seinem Heide-Reservat nicht geschützt, da war ein ganz hartnäckiger Konkurrent mitten unter ihnen, und das Tag und Nacht: *Purzel*.

Was sich in Alices Tagebuch schon in Darmstadt abzeichnet, ist das Drama der Affenliebe, wie man sie nennen könnte, gälte sie nicht einem anderen Geschöpf: Alices Kätzchen. Nicht einmal dem großen Nödl wird soviel Aufmerksamkeit geschenkt wie ihrem kleinen Purzel. Die

Katze ersetzt ihr alles, was er ihr verwehrt. Sie ist das Kind, das sie nie von ihm bekam, alles Liebesreservoir wird auf das Kätzchen gelenkt. Purzel ist der täglich schnurrende Trost für die Frau, die lebenslänglich an die Seite eines sanften Unmenschen gekettet war.

> Purzel gibt schon in der Nacht ganz seltsame Töne von sich. Was hat er: krank? Arno: Liebesgefühle: sieh mal, wie der sich anschmiegt und schmiert. Der ist geschlechtsreif. Ich: doch erst ¾ Jahre alt. A: Der ist aber so Groß und gut gefüttert, der fängt früher an. – und dann sehe ich, wie er sein Polein so nach hinten drückt und kläglich miaut, sich wälzt mich ansieht und wieder miaut. Arno: ist dirs jetzt noch zweifelhaft, was er hat. Denke an Ringelnatz wie der sich vor den Katern wälzte. Genau so machts hier Purzel. Ich: ja, es scheint so. Was tun? Kater holen? – Aber wer tötet dann die Kleinen? Oh weh. A: Dem Kater Gummi überziehn. Aber das läßt doch 'n fremder K. nicht. – da zieh ich mir, damit P. mich nicht kratzt, (hat mir ganzen Arm schon blutig gekratzt) wß Söckchen über d. Hand und kraule Purzel sein Polein. Da ist er ganz zufrieden und kommt so mehrmals zu mir angemiaut mit vorgestrecktem Po, den ich ihm dann kraule.

Doch das geht Nödl entschieden zu weit.

> Arno: «Macht euch raus, Ihr lesbisches Gezeug!
> […]»

Schon die Verleger sind Hinterlader, und dann so etwas im eigenen Haus!

Die Kunst des Bogenschießens

Zum Schriftsteller hatte ihn der Krieg gemacht; und wie bei Arno Schmidt lugt auch bei ihm aus jener Zeit etwas Traumatisiertes hervor. Von seinen Freunden «Heimerl» genannt, dem Paß nach Heimito, eine eingedeutschte Variante des spanischen Kosenamens *Jaimito* – Heimito von Doderer, einer der größten Epiker des vergangenen Jahrhunderts, 1966 im Alter von siebzig Jahren in Wien gestorben, geboren als das jüngste von sechs Geschwistern aus reicher Architekten- und Ingenieursfamilie, deren Vermögen der Erste Weltkrieg stark abgeschmolzen hatte, war als Infanterist in russische Kriegsgefangenschaft geraten, aus der er 1920 als Schriftsteller zurückkehrte. Es folgten drei Jahrzehnte des Mißerfolgs, bis ihn 1951 der Roman *Die Strudlhofstiege* fast über Nacht berühmt machte. Nach dem fünf Jahre später vorgelegten Opus magnum *Die Dämonen* schien selbst der Nobelpreis in greifbare Nähe gerückt, doch dann schwärzte ihn sein Konkurrent Canetti an – Doderer hatte für kurze Zeit der NSDAP angehört, ein stupider Akt, dem zwar nie etwas Verwerfliches gefolgt war, der zur Verhinderung der Nobilitierung oder Nobelitierung (Doderers Neigung zum Kalauer scheint anstekkend) dann aber doch hinreichte.

Wenn seine Romane noch heute weniger bekannt sind, als sie es verdienten, so sind die Tagebücher gleich ganz unbekannt. Die Romane sind die eines kakanischen Proust, erratisch aus der Zeit und den Modeströmungen ragend, barock und von unerhörter erzählerischer Verve; überschäumend von schwarzem Witz und sublimster Psychologie und in Landschaften gebettet, vor allem Wälder, wie sie vor ihm selbst Adalbert Stifter nicht schuf. Auch seine Tagebücher sind eine Ausnahmeerscheinung, und nicht nur, weil Doderer sie penibel mit verschiedenfarbigen Buntstiften in übrigens hinreißender Handschrift führt. Eines ihrer großen Themen ist neben der Schriftstellerei ein gewisser Räuberbub. Der Liebhaber dicker Damen, mit denen er per Zeitungsannonce Kontakt aufnahm – als gepflegter, trainierter Doktor sucht er dort ehrbare Bekanntschaft mit «distinguierter ca. 45jähriger israelitischer Dame (Wienerin) von nur außergewöhnlich starker, korpulenter, üppiger und überaus mächtiger, breiter Statur» –, Doderer also schreibt im Tagebuch, in dem nicht zu unterscheiden ist, ob mit dem Kürzel «DD» jene dicken Damen oder doch sein Roman *Die Dämonen* gemeint sind:

> Gegen das Sexuelle ankämpfen zu wollen erscheint mir närrisch. In der gesamten griechischen Mythologie, wo doch die Heroen sogar gegen die Götter losgehen, findet sich keiner, der mit dem himmlischen Raubersbuam Eros anbindet, nicht einmal der Herakles, der ja sonst kaum vor irgenwas zurückscheute ...

Und darum müsse man im Gegenteil für das Sexuelle kämpfen. Oder am Ende doch nicht? «Wenn ich mich frage, was ich denn eigentlich und wirklich haben möchte und mir wünschte», schreibt er drei Jahre später,

> so wäre es – viel Geld, um in einer Folge schwerster sexueller Excesse, sinnloser Saufereien und dementsprechender Gewalthändel endlich und endgültig unterzugehen. Statt dessen hab' ich das weitaus gewagtere Abenteuer der Tugend gewählt.

Das Abenteuer der Tugend – das hätte auch auf den Joseph Thomas Manns gepaßt, bei dem man solche Stellen im Tagebuch allerdings nicht fände. Sind sie immer so sinnlich ansprechend, die Dodererschen Journale, oder würde man übertreiben, sie einen wahren Hitchcock zu nennen? Nehmen wir eine andere Probe:

> *Formata und signata** Jede materiologische Stufe stellt in Bezug auf die nächsthöhere eine materia signata dar, welcher dort schon eine materia formata im Verhältnisse der Seltenheit gegenüber steht. Beispielsweise ist der psychologische Raum mit der materia signata der Psychik erfüllt, aus welcher die seltenen Etwas-Punkte grammatischen Seins ekstatieren. Jene Psychik aber bildet eine materia formata gegenüber der Stufe bloßer Empfindung ohne eigentliches Bewußtsein.

Nein – vielleicht eher doch nicht. Wohl dann doch kein Hitchcock. Wir ziehen den Vergleich als zu ekstatisch zurück.

Aber hin und wieder glitzert es im terminologischen Sand der *Commentarii*, wie Doderer ab 1934 seine Tagebücher nennt; hin und wieder fällt ein Lichtstrahl in den dunklen Wald, in dem er, sich Mut machend und etwas Gräßliches zurückdrängend, wie man zu spüren meint, die immer gleichen Triolen vor sich hin pfeift – «Apperception», «zweite Wirklichkeit», «das Pseudologische» –, ab und zu also finden sich schöne Stellen:

> Sonntag, 30 November. Sehen wir in unser Inneres, so ist's wie ein gestörter Teich durch die Steine des Wort-Denkens, die da unaufhörlich hineinfliegen …

> Man muß lange warten, lang durch den endlich beruhigten Spiegel gegen den Grund blicken, bis im geklärten Wasser sich endlich wieder was regt und heranschwimmt: silbernes Fischlein, ich grüße Dich! – schon aber fesselt mein Aug' tiefere Bewegung, am Grunde: ja, es ist ein langsam kriechender Krebs; und wer weiß, wer weiß, was Du da drunten noch alles wirst zu sehen bekommen... Wir haben gestört. Nun rühren wir uns nicht mehr ... Kälte und Nüchternheit steh' uns immer bei! Laß' uns das nüchterne Chaos sehen, und nicht von den Reflexen der zittrigen Oberfläche geblendet werden, wo unsere Wörter und Worte wie berauschte Korken tanzten ...

Hinter einer solchen Passage versteckt sich ein ganz eigentümliches Schreibprogramm. Es läuft darauf hinaus, daß Doderer dem bewußten Schöpfungsvorgang nicht traut. Es kommt immer noch etwas geheimnisvoll anderes dazu. Er werde nie verstehen können, daß er umfängliche, komplizierte und gelungene Arbeiten habe hervorbringen können: «der Scherben, der ich bin, macht das Gewächs unverständlich». Es ist etwas Meditatives, ja Mystisches in der Versenkung, aus der sich das Werk erhebt. Doderer faßt es in folgendes Bild:

> Denken wie der Tiger springt; schreiben wie ein Bogenschütze schießt; wachsam sein und scharf sehen wie ein Raubvogel in den Lüften: das zusammen macht einen Autor.

Wie aber schießt der Bogenschütze? Er schießt, ohne zu zielen, in dem Vertrauen, daß Pfeil und Ziel einander suchen. Jedenfalls der Zen-Bogenschütze macht es so, wie Doderer es in einer berühmten Schrift des japanalogisch halbgebildeten Professors Herrigel lesen konnte. Was dort stand über die absichtslose Gespanntheit, aus der heraus der Schuß vom Schützen abfällt wie eine reife Frucht, was dort entwickelt wurde über die Idee einer Meisterschaft der kunstlosen Kunst – man fühlt sich mitten in Doderers *Commentarii* versetzt.

Wie sein Kenner Martin Mosebach schreibt, wußte Doderer, daß Zen eine Praxis ist und keine Theorie – nichts, was man irgendwie über Begriffe aufnehmen könnte, wenn man die Begriffe nicht durch eigene unverdrossene Übung mit Erfahrung gefüllt hat. Auch das oft quälend Repetitive erklärt sich, oder erklärt uns Mosebach, als ein Ausdruck dieser fast zen-artigen Meditation. Die *Commentarii* sind darum weniger Dichter-Tagebuch als den Tagebüchern religiöser Praktiker, Mystiker, Asketen vergleichbar. Sie sind ein Dokument seelischer Übungskontrolle.

«Erst bricht man Fenster», schreibt Doderer. «Dann wird man selbst eines.» Und der Schriftsteller, man erinnert sich an den Teich und das silberne Fischlein, vergesse nie: «Worte sind wie die Haut auf einem tiefen Wasser.»

Notizen der Philosophen. Sloterdijks Friseur

Verzeihung, kleiner Irrtum: Dieser letzte Satz stammt nicht von Doderer und auch nicht von einem japanischen Zen-Meister. Er ist von einem österreichischen Zeitgenossen Doderers, dem Philosophen Ludwig Wittgenstein. Auch er hat uns neben dem berühmten *Tractatus* ein Tagebuch hinterlassen. Aber wenn man schon von dem Doderers zugeben mußte, es funkle nicht immer vor Spannung, so ist das Tagebuch des großen Logikers …

> Von zwei Klassen zu sagen, sie seien identisch,
> sagt etwas. Von zwei Dingen dies zu sagen, sagt
> nichts.

Schon klar! Wenn Wittgenstein den «uralten Einwand gegen die Identität in der Mathematik» anführt:

> Nämlich der, daß wenn 2 × 2 wirklich *gleich* 4 wäre,
> daß dieser Satz dann nicht mehr sagen würde als a=a,

dann kommt man immerhin noch ins Mitgrübeln. Aber sonst?

Uff. Trocken? Staubtrocken? – Sahara. Bis es theologisch wird, dann tritt der Nil seiner Gedanken über die Ufer; aber dann ist es auch nicht mehr Logik oder Philosophie.

Ganz anders als Wittgenstein, eine ähnlich mythische Figur inzwischen wie Arno Schmidt und vielleicht minimal überschätzt – ganz anders in seiner fließenden und farbigen, von Gedanken wie von wendigen Fischschwärmen durchzuckten Prosa ist der Diarist Peter Sloterdijk.

Der Philosoph und Schriftsteller hat seit vierzig Jahren seine Gedanken und Betrachtungen in linierten DIN-A4-Heften festgehalten, ohne dabei an eine Publikation zu denken, zu der ihn Einflüsterer aus seinem Verlag und dem Marbacher Literaturarchiv schließlich doch überredeten. Ein schmales Segment, die Hefte, die den Zeitraum von 2008 bis 2011 umfassen, hat Sloterdijk stark redigiert unter dem Titel *Zeilen und Tage* veröffentlicht; bei einhellig freundlicher Aufnahme durch die Kritik. Ein Tagebuch im strengen Sinn ist die Sammlung nicht, die Originalhefte wurden um drei Viertel gekürzt, manche Passagen nachträglich erweitert und zugespitzt. Die Form ist somit eine weitere Hybridform; am ehesten erinnert sie ihren Verfasser an die *Cahiers* von Paul Valéry, wobei Sloterdijk die Einträge nicht thematisch sortiert.

Was uns hier vorliegt, ist im Gegenteil reizvoll unsortiert oder auch unfrisiert, um auf eine Szene vorauszudeuten, die Sloterdijk von seiner höchst angenehmen, selbstironischen Seite zeigt. Vergleicht man seine Notizen mit den Tagebüchern der Raddatz und Rühmkorf, fällt dann doch deren Solipsismus und Gedankendürre auf. Bei Sloterdijk finden sich auf jeder Seite Stellen, die man mit dem Bleistift markiert – ob zustimmend oder mit Fragezeichen oder mit kritischem Zickzack, ist dabei gar nicht entscheidend. Sloterdijk gelingt es immer wieder, zu verblüffen. Seine Feinde, von denen es nicht wenige gibt, würden erst die Vorsilbe streichen und dann die zwei Pünktchen über dem «ü».

Selbst diese Feinde müßten zugestehen, daß dieser Autor erstaunlich ist. So erstaunlich wie die Zahl der Vorträge, die er in der ganzen Welt hält, und der Bücher, die er neben der ordentlichen Professur verfaßt – einem seiner Gegner teilt er per *Zeit*-Artikel mit, er habe in bezug auf Sloterdijks Werk einen Lektüre-Rückstand von, «freundlich geschätzt, sechstausend bis achttausend Seiten» – so erstaunlich ist die Menge des Lesestoffs, den er verschlingt. Ein Vielleser, der beiläufig seine Perlen ausstreut – Kafka zitiert er einmal mit dem Satz, Karlsbad sei ein größerer Schwindel als Lourdes –, und ein Leser mit scharfer

Urteilskraft. Allein was Sloterdijk zum späten Goethe anmerkt, wollte schon immer einmal gesagt sein:

> Durchgehend ist der Gebrauch des Adjektivs beim alten Prosa-Goethe harmoniesüchtig zwanghaft dem Guten und Positiven ergeben, wie von einem Daseinsdekorateur hingesetzt. Der Einsatz des Verbums ist zeremoniell überzogen. Den Gedanken an die Handlung hat der alte Herr längst aufgegeben, statt dessen bietet er immer öfter Veduten an, am liebsten von Parks mit Schlössern und Stuben, in denen ruhiggestellte Frauen am Stickrahmen sitzen – man möchte schwören, sie arbeiten auch an Bildern von Schlössern mit Parks und leisen Frauen mittendrin.

Schwören oder doch vermuten. Der Philosoph, ernst, aber spottbereit, liest nicht nur Kafka oder Goethe, er verschmäht auch die Tagespresse nicht.

> Ob man die Pointe an der Verhaftung von Karadzic erfaßt hat: daß sich der seit Jahren gesuchte Massenmörder so lange in der «Identität» eines Heilpraktikers verbergen konnte? Ein großer Tag für die Gerechtigkeit, so steht es in allen Zeitungen, man vergißt hinzuzufügen, ein schlechter Tag für die alternative Medizin!

Solche Pointen läßt Sloterdijk sich natürlich nicht entgehen. Seine Notizen sind reich an Nebenbemerkungen, die andere für ihren Aphorismenband aufsparten. Was ist das Schicksal? Der «in Notwendigkeit eingeschweißte Zufall». Kulturpessimisten sind

> mürrische gate keeper am Eingang zu den Schatzhäusern der Hochkultur, die spüren, daß niemand mehr durch das von ihnen bewachte Tor gehen will.

Sloterdijk ist das genaue Gegenteil, er lädt den Leser ein, mit ihm durch die Hallen des Wissens zu ziehen. Es gibt nichts, was ihn nicht interessiert, deshalb erfährt man aus *Zeilen und Tage* so viel mehr als aus den Dichter-Diarien. Man erfährt, daß die Menschwerdung sich entscheidend der Verkümmerung der Kiefermuskeln verdanke; durch diese Verkümmerung hörten die Muskeln auf, die Schädelknochen zu früh in ihre Endposition zu pressen; von da an: Raumgewinn für Gehirnvergrößerung, für Neocortex, Kehlkopfspiel und Sprache.

Das dafür notwendige Bewußtsein? Allem Anschein nach hat es den Charakter eines Nebeneffekts. Ursprünglich eine Art Kontroll-Lampe, die über den Fluß der Wahrnehmung wachte, war es eine weitgehend funktionslose Extraleistung des Gehirns – Luxus, vor dem die Frage nach dem Sinn demissioniert. Die Folge?

> Was wäre, wenn der adäquateste Gebrauch des rätselhaften Geschenks darin bestünde, es hinzunehmen und auf sich beruhen zu lassen? Nicht ganz. Ein wenig Betonung schadet nicht, sonst wäre diese leise Euphorie beim Blick aus dem Hotelfenster nicht möglich, wenn das grüne Wasser in der Gracht glitzert.

Sloterdijk hat viel Sinn für die Schönheiten der Natur, die er mit dem Ingenium eines Dichters beschreibt. Weniger Sinn, oder Sympathie, hat er für die Religion. Sein Ton kann sehr kühl werden, wenn er über die unerfreuliche Rechtspraxis des frühen Christentums nach Konstantin spricht:

> Unter den ersten christlichen Kaisern setzte im vierten Jahrhundert eine Brutalisierung der Strafgesetzgebung ein, die jedem kultivierten Römer der Cicero-Zeit kalte Schauer über den Rücken gejagt hätte. Da regnete es Höchststrafen für alles mögliche auf das Volk herab. Der Wille zum Schlimmsten brauchte nur zwischen den vier absoluten Abscheulichkeiten zu wählen, die das christlich regierte Rechtswesen im Angebot führte, der Kreuzigung, die traditionell als summum supplicium galt, der Lebendverbrennung, der Zerfleischung durch wilde Tiere in den Arenen oder dem Eingenähtwerden in Ledersäcke, die man in Schlangengruben aussetzte.

Fairerweise muß man hier Sloterdijk allerdings an Caligula erinnern, den er selber anführt und der auch nicht besser war. Caligula meinte, hätte das römische Volk nur einen Kopf, er würde ihn abschlagen lassen.

Wie nicht nur an dieser Stelle deutlich wird, ist der Mann, der das Raddatzsche Credo: «Nur das Existentielle zählt» als irreführend bezeichnet: «Was zählt, ist das gut Gesagte» – wie man immer wieder bemerken wird, ist dieser Mann, auch wenn er alles tut, um es zu verstecken, unter anderem ein Moralist. Der Eindruck, er puste vor allem Wortseifenblasen in die Luft, trifft es gerade nicht. Anders, als das Vorurteil es will, ist Sloterdijk kein Schwurbler, sondern ein Mann des klarsten Menschenverstands. Oft gibt er auf komplizierte, durch Begriffe vernebelte Fragen ganz handfeste Antworten. Wie viele Bücher, um nur ein Beispiel zu nennen, hat man seit Theodor Adorno und Hans Blumenberg schon über den Mythos verfaßt! Aber was eigentlich will die alte und neue Mythologie? Ganz einfach, wenn es nach Sloterdijk geht. Der Mythos enthalte die Antwort des Zeitgeists auf die Fragen: «Wie erklären wir den Unglücklichen ihre Lage? Und wie bringen wir die Frauen dazu, ruhigzuhalten?»

Die Frage, wie Sloterdijk dazu zu bringen wäre, dürfte noch schwieriger zu beantworten sein. Wie man von Kindern sagt, sie hätten Ameisen im Po, so hat Sloterdijk Ameisen im Hirn. Er scheint vor Ideen zu kribbeln. Außerdem hat er intellektuellen Mut. Er sagt, was er denkt, und Korrektheit ist ihm egal. «Der erste Schurkenstaat der Moderne, das revolutionäre Frankreich» – da würde außer Arno Schmidt noch mancher heute schlucken. Aber vielleicht hat der Häretiker recht? Schon Iwan Bunin, der spätere Nobelpreisträger, hatte 1919 im Tagebuch den französischen *Terreur* mit dem bolschewistischen verglichen:

> Ich lese gerade Lenôtre, Saint-Just, Robespierre,
> Couthon … Lenin, Trotzki, Dsershinski …
> Wer ist niederträchtiger, blutrünstiger, widerlicher?
> Natürlich die in Moskau. Aber die in Paris waren
> auch nicht schlecht.

Als seine Kommilitonen noch in der Trotzki-Phase waren, lebte Sloterdijk in einem Ashram in Indien. Die Erfahrung prägt die Art seines Denkens bis heute.

Anders als üblich in seiner Zunft, hat Sloterdijk Humor, mitunter grimmigen. Immerzu wird er angegriffen, und in der eigenen Disziplin ist er – wegen, nicht trotz seiner Ubiquität – weitgehend isoliert. Das erträgt man nicht immer leicht. Einmal sieht er im Fernsehen eine Reportage über Mexiko. Das ganze Land scheine in der Hand der Drogenhändler zu sein, die Regierungen operierten nahezu unverhüllt als Agenturen der Narko-Industrie. Stark entwickelt sei die Auftragsmord-Szene: Für 60 Dollar könne man einen unliebsamen Zeitgenossen auslöschen. Auf europäische Verhältnisse übertragen: Für den Gegenwert eines größeren Abendessens könnte man fünf problematische Kollegen aus dem Weg räumen. «Du mußt zugeben, der Hinweis versetzt dich für sechzig Sekunden in nachdenkliche Stimmung.»

Ja, die Kollegen! Die Kollegen haben Sloterdijk zum Experten auf einem Gebiet gemacht. Es gibt seit Nietzsche keinen genaueren Kenner des Ressentiments und der geheimen Kavernen, in denen es sich zu sammeln pflegt. «Man kann keinen unangenehmeren Feind haben als einen Versager mit viel freier Zeit.» Sloterdijk ist hinter die Schule gelaufen, das mögen die Schulen nicht. Seine Stellung in der heutigen Philosophie ist deshalb so umstritten und singulär, weil er überhaupt keiner Schule zuzurechnen ist, und nicht nur der Frankfurter nicht, die mit ihm in Dauerfehde steht. Sloterdijk denkt noch für sich und freihändig, was zu Stürzen führen kann, wie der passionierte Radfahrer weiß. Aber es ist doch etwas anderes, als in der Gondel der Philosophen-Seilbahn zu sitzen, die ihre Gäste zuverlässig zu den bekannten Plattformen und Gemeinplätzen hochzieht.

Sloterdijk hat, wie vor ihm Nietzsche, die Gondeln immer abgelehnt. Das erhöht das Risiko. Nicht ohne Grund zitiert er einmal den Satz, «des Lebens Zittern» nehme zu. Er entnimmt das Zitat übrigens en passant dem Tagebuch Fritz J. Raddatz'. Der wiederum zitiert den Satz aus den

Tagebüchern Thomas Manns. Das Tagebuch als Kettenbrief … Die Leser dieser Zeilen mögen ihn nur nicht abbrechen lassen! Sonst drohte Ungemach, und des Lebens Zittern nähme noch mehr zu.

Bei Raddatz war die Eitelkeit nicht durchweg angenehm, wie steht es damit bei Sloterdijk? Ein bißchen viel name dropping vielleicht?! Ja, zugegeben, aber auch schon verziehen. Und eitel ist er nun gerade nicht, eher das Gegenteil. Sich seines Ranges bewußt, das schon. Vielleicht nicht so ausgeprägt wie bei Frank Lloyd Wright, der als Zeuge vor Gericht angab, er sei der größte lebende Architekt, und auf die Frage des Richters, was ihn zu dieser Behauptung veranlasse, erwiderte, er stehe immerhin unter Eid. Sloterdijk, der die Geschichte erzählt, erklärt uns, Bescheidenheit sei ohnehin nur eine Art und Weise, «unter der egalitären Asche die elitäre Glut zu hüten».

Nur die Lumpe sind bescheiden, hatte schon der Daseinsdekorateur gewußt. In der Begeisterung, die Schriftsteller kurz vor Beendigung eines größeren Werks erfüllt, läßt sich einmal auch der Goethe-Kritiker nicht lumpen. Mit seinem neuen Buch *Du mußt dein Leben ändern* werde eine Rakete an die Rampe gefahren, die bald abheben könne. «Ihrem Feuerstrahl beim Start werden die besseren Leser einige Zeit hinterhersehen.» Das Buch werde das Reden über Ethik verändern, sobald es seine Satelliten ausgesetzt haben werde. (Die Satelliten namens Übung,

Vertikalspannung, Immunisierung – in der Tat leuchtende Ideen.) Die würden die Erde umkreisen, «manche so hell, daß man sie bei Tag über den Himmel ziehen sieht».

Man denke nur nicht, da sei jemand von der eigenen Bedeutung geblendet. Nein, Peter Sloterdijk, vertraut er einmal einem Fernsehmann und seinem Notizbuch an, hat einen ganz anderen Privatmythos:

> Ich lebe unter dem Auge eines großen Anderen,
> den ich mit nichts von allem, was ich tue, überzeugen kann.

Wenn man einmal darauf aufmerksam geworden ist und bei den *Zeilen und Tagen* genauer zwischen jenen liest, wird man auf ein diskret angeschlagenes Thema stoßen, das gar nicht zu dem des Raketenbauers paßt.

> Der Blick in den Spiegel sagt dem Betrachter,
> unabhängig von Aufmachung und Tageszeit:
> Es mußte wohl jemanden geben, der so aussieht.

Das ist kein Narzißt, der so etwas schreibt, das ist ein Mann, der keinen Anlaß zu haben glaubt, sich mit Adonis zu verwechseln. Und es ist ein Mann der Selbstironie. Von einem Vortrag in Paris erzählt er:

> Am Schluß unseres Auftritts in dem großen Hörsaal
> der Sciences Po ließ Bruno Latour Fragen aus dem

> Publikum in einem Hut einsammeln, um auszulosen, welche beantwortet würden. Aus der Menge der zusammengefalteten Papiere griff er je eines heraus und las die Frage vor. Die dritte Frage lautete: Seit wann ist Ihr Friseur im Gefängnis? Ich hätte sagen sollen: Seit 1968, sieht man das nicht?

Der Konjunktiv «hätte» beruhigt uns darüber, daß auch Hirntiere wie Sloterdijk nicht vor dem *esprit d'escalier* gefeit sind, dem die besten Pointen immer erst beim Verlassen des Hörsaals einfallen. Selbstironie – wie selten ist sie unter Sloterdijks Verächtern. Daß er einmal an der Rezeption eines überfüllten Hotels für den Busfahrer einer Reisegruppe gehalten wird – hätte uns das ein Habermas anvertraut? Aber dem wäre es wohl gar nicht erst passiert. Einmal promeniert Sloterdijk über eine Pferde-Messe. Dabei kommt er an einem Stand vorbei, der «Gebrauchte Hindernisse» verkauft. Sollte er jemals Memoiren schreiben, denkt er, würden sie so heißen.

Auf seinem Weg waren viele Hindernisse, aber er hat es verstanden, sie zu nutzen; und das sogar, ohne dafür diskret fünf mal sechzig Dollar auszuschütten. Die Atmosphäre, die sein Buch ausstrahlt, ist die vollendeter Serenität. Der Autor dieser Notizen ist heiter, manchmal spöttisch, verbiestert nie. Es ist ein Zustand fast des Darüberstehens. Und genau in diesem Zustand kann es dann eintreffen, das Wunder, das Herzenswunder, das uns nicht näher erläutert wird, an dem wir uns aber mit ihm freuen:

> Rausch, Flug, Glück – drei Jahre Nüchternheit gegen eine animierte Stunde. Herzweitwurf.

Experiment mit der Zeit

Der erste moderne Schurkenstaat, Frankreich nach der Revolution, für die Sloterdijk so wenig Sympathien hat, zog auch viele deutsche Besucher an. Einer darunter war Wilhelm von Humboldt. Im April 1798 notiert Humboldt im Tagebuch seine jüngsten Eindrücke aus Paris. Im *Jardin des Plantes* habe er Buonaparte und dessen Frau Joséphine getroffen. Wie Humboldt weiß, ist sie in Martinique geboren. «Sie ist klein und ein hübscher feiner Wuchs, das Gesicht kann hübsch gewesen seyn, und verräth Verstand und feine Klugheit. Doch ists eins der Gesichter von Frauen aus der großen Welt und ziemlich abgenutzt. Der *teint* gelb. Sie mag über 40 Jahr alt seyn.»

Humboldt hört dann von einer Weissagerin in Martinique. Sie habe einer anderen Kreolin prophezeit, sie werde einen Franzosen, und zwar einen Pariser, heiraten. Ihr aber, Joséphine, habe sie prophezeit, sie werde *reine de France*.

So habe sie dort im Scherz auch überall geheißen. «Das erstere sey erfüllt worden», schließt Humboldt seinen Eintrag, denn die andere Kreolin ist inzwischen tatsächlich mit einem Pariser verheiratet.

Was der Diarist nicht wissen konnte: Die zweite Prophezeiung traf sechs Jahre später ein, als Napoléon sich zum Kaiser krönen ließ. Joséphine wurde de facto *reine de France*, die Weissagerin hatte recht bekommen, und Humboldt überliefert es ahnungslos.

Die Geschichte hätte einen Freidenker und Hobby-Philosophen neugierig gemacht, der eine ganz eigene Gattung des Tagebuchs erfunden hat: ein Logbuch nicht des Raumes, sondern der Zeit.

Heute ist er vergessen, aber in der Mitte des vergangenen Jahrhunderts war John W. Dunne der populäre Herausforderer Albert Einsteins. Bei seinen Auftritten füllte er ganze Hallen, seine Wirkung vor allem auf Schriftsteller war enorm. Seine 1927 veröffentlichte Studie *An Experiment with Time* hatte Einfluß auf Tolkien und C. S. Lewis, auf T. S. Eliot, Aldous Huxley, H. G. Wells und James Joyce – und das waren nur seine Landsmänner. Aber auch Arno Schmidt schätzte ihn, Jorge Luis Borges zitiert ihn immer wieder, und für den Schöpfer *Lolitas* war er eine Art Hausphilosoph.

Was der 1875 geborene irische Flugzeugkonstrukteur sich mit seinem über die Jahrzehnte immer wieder erweiterten Hauptwerk vorgenommen hatte, war nichts geringeres als die Lösung des Problems der Zeit.

Worin genau lag das Problem mit ihr? Daß etwas nicht damit stimmen konnte, daß die Zeit *floß*, daß sie sich auf einer Achse von der Zukunft zur Gegenwart in die Vergangenheit bewegt – etwas an diesem Alltagskonzept war grundverkehrt. Das Problem bestand in der Idee dieser sonderbaren Bewegung. Sie setzt eine Art Zeit hinter der Zeit voraus, denn Bewegung in der Zeit muß selbst *timeable* sein – wenn das bewegende Element entlang der Zeitachse überall gleichzeitig ist, dann bewegt es sich nicht. *But the Time which times that movement is another Time.* Diese zweite Zeit setzt wiederum eine dritte voraus – und so ad infinitum. Und wer beobachtet diese Zeitbewegung? Auch er braucht einen weiteren Beobachter und dieser einen dritten, was Dunne zu der Idee des *Serialism* führte und schließlich – aber dieses Kaninchen steckt bei ihm schon von Anfang an im Hut – zum Beweis der Unsterblichkeit. Am Ende nimmt John W. Dunne, ohne viel Ahnung von Quantenphysik, fast das Modell der Paralleluniversen vorweg.

Begonnen hatte alles in der Kindheit, in der Dunne eine kuriose Beobachtung machte. Er träumte öfter Dinge, die später eintrafen. War er etwa Hellseher? Nein, es lag an der Natur der Zeit selbst. Besonders einer seiner Träume, von denen er im *Experiment with Time* viele Beispiele gibt, brachte ihn auf die richtige Spur. Als Offizier im Burenkrieg hatte Dunne 1902 von einer Insel geträumt, die kurz vor einem Vulkanausbruch stand. Dunne wollte helfen, die viertausend Einwohner mit Schiffen zu evakuieren. Der Berg wird explodieren, dachte er in dem dramatischen Traum und versuchte vergeblich, die trägen französischen Beamten aufzurütteln. Als in seinem Feldlager in Lindley mit der üblichen Verspätung der *Daily Telegraph* eintraf, brachte er die Schlagzeile vom Vulkanausbruch in Martinique. Der Berg Mont Pelée war explodiert, vergeblich hatte man versucht, die Einwohner mit Schiffen zu retten. Alles stimmte wie vorhergeträumt, nur die Zahl der Opfer lag eine Größenordnung über der geträumten. Es waren nicht 4000 Tote, sondern 40 000; Dunne hatte sich, wie er erst Jahrzehnte später bemerkte, um eine Null vertan.

Was konnte man daraus schließen? Der Traum bezog sich offenbar nicht auf den Vulkanausbruch selbst, sondern auf die flüchtig gelesene Zeitungsmeldung. Hätte Dunne den Traum nicht vor, sondern nach der Lektüre gehabt, wäre er ganz unspektakulär gewesen. Andere Träume bestätigten das Muster. Hellseherei war, anders als im Fall Joséphines, nicht im Spiel, der Traum speiste sich aus Tagesresten und nahm seine üblichen kleinen Verzerrungen daran vor. John W. Dunne hatte völlig normale Träume. Nur hatte er sie in den falschen Nächten. Sie verarbeiteten Ereignisse, die erst in der Zukunft vergangen gewesen sein würden.

Die Barriere, die unsere Kenntnis der Vergangenheit von unserer Kenntnis der Zukunft trennt, es gab sie also nicht immer, was hieß: Es gab sie nicht prinzipiell – und demnach überhaupt nicht. Nur auf der Alltagsebene, war Dunnes Schluß, nachdem er der Sache mit britischem Common sense und vielen Diagrammen auf den Grund gegangen war, nur in unserem Wachbewußtsein ist die Zukunft von der Vergangenheit geschieden, auf der höheren Ebene fällt die Unterscheidung weg. Nur das Wachbewußtsein ordnet die Zeit in Vorher und Nachher, wie die Mystiker schon immer wußten, zu schweigen von den australischen Aboriginals, die keinen Briten brauchten, um sich über Traumzeit belehren zu lassen – auf der höheren Ebene der *Real Time* ist alles stehendes Jetzt.

Und an dieser Stelle kommen die Logbücher ins Spiel. Auf diese höhere Ebene kann der Mensch nämlich jedesmal gelangen, wenn sich seine Aufmerksamkeit vom Hier und Jetzt löst, in tiefer Entspannung oder im Schlaf. Dann sinkt die Tagesbarriere zwischen den scheinbar getrennten Zeiten, und der Geist schweift frei überm Plateau, in dem Vergangenheit und Zukunft nur *eine* schimmernde Fläche sind.

Das Problem allerdings: Im Tagesbewußtsein sind wir so stark darauf festgelegt, nur in die eine Zeitrichtung zu blicken, daß es einer fast übermenschlichen Anstrengung bedarf, den Kopf geistig zu wenden und einen Traum rückblickend auf ein Ereignis zu beziehen, das erst zu einem späteren Zeitpunkt stattgefunden haben wird. Allein strenge Disziplin macht solche Untersuchungen möglich: ein Tagebuch, in dem der nächtliche Prophet nach dem Aufwachen alles festhält, was er geträumt hat, um es im Lichte der später eintreffenden Ereignisse auf Trefferquoten zu prüfen.

Dunne überredete seine Familie und seine Freunde, sich dieser geistigen Anstrengung zu unterziehen. Im Appendix seines Buches listet er auf 14 Seiten Beispiele für Träume verschiedener Versuchsteilnehmer auf, jedesmal mit einer Bewertung versehen. Das folgende Beispiel ist von einem *Subject E*, offenbar einer Studentin.

> Der Traumbericht lautet: «Gehe in den College-Speisesaal und sehe dort meinen Bruder sitzen. Die Freundin M. R. H. sagt, er habe sich seit dem letzten Mal verändert.
> *Wacherlebnis*: Der Bruder der Probandin besucht sie im College und ißt mit ihr im Speisesaal. Die Freundin macht die Bemerkung wie im Traum.
> *Intervall*: Drei Wochen.
> *Wert*: Mäßig. Die Chancen, daß ihr Bruder sie in einem Zeitraum von drei Wochen im College

besuchen kommen wird, sind nicht sehr gering. Und daß ihre Freundin dann bemerken wird, daß er sich verändert habe, ist hoch wahrscheinlich – wenn er denn kommt.

Man sieht, wie sich der Versuchsleiter um nüchternste Abwägung bemüht. In der Hälfte der Fälle beurteilt er den Wert der Übereinstimmung mit *None*. Aber einige ragen dann doch heraus, wie er auch mathematisch ermitteln kann. Es ist immer noch *Subject E*, die hier träumt:

> Der Traumbericht lautet: «Finde mich in einem kleinen Zimmer, das aussieht, als wäre es rasch für ein Treffen improvisiert worden. Ich sitze in der ersten Reihe auf einem niedrigen Stuhl. M. R. H. sitzt zu meiner linken auf einem höheren Stuhl. An der linken Wand des Raumes hängen Poster von Eisenbahnen. Ein Mann kommt herein und sagt … Er war auf Ferien in Chelsea. Meine Mutter gibt mir ein paar Teemesser, die ich polieren und wegräumen soll.
>
> *Wacherlebnis*: Die Probandin war bei einem Gespräch dabei, das sich hauptsächlich um Ferien drehte. Später im Gespräch erwähnte jemand «Chelsea». (Was sehr selten vorkommt, wie die Probandin angibt.) Während der Unterhaltung

saß sie zur rechten von M. R. H. und auf einem viel niedrigeren Stuhl als sie. Ein großes Bild in dem Raum wurde wiederholt als «Poster» bezeichnet. Kurz vor der Unterhaltung hatte M. R. H. [...] von der Probandin zwei Teemesser geliehen. Später legt die Probandin diese benutzten Messer auf ein Tablett auf dem Tisch.
Intervall: Ein Tag
Wert: Gut. Es wäre reizvoll, hier eine Abschätzung der Wahrscheinlichkeiten zu unternehmen.
Zum Beispiel: Eine Teeparty im Zimmer einer Freundin, ½; zu rechten der Freundin sitzen, ½; Unterschied der Stühle, ½; Erwähnung eines «Posters», $\frac{1}{100}$; Erwähnung von Ferien, $\frac{1}{1}$ (angesichts der Tatsache, daß das Semester fast zu Ende war); Erwähnung von Chelsea (selten, nach Aussage der Probandin), $\frac{1}{200}$; Teemesser aufräumen, ½ (entweder sie oder ihre Freundin hätte es getan).
Ergebnis: $\frac{1}{2} \times \frac{1}{2} \times \frac{1}{2} \times \frac{1}{100} \times \frac{1}{1} \times \frac{1}{200} \times \frac{1}{2} = \frac{1}{320\,000}$.

Und noch ein letztes Beispiel, bei dem man auf den Überschlag verzichten kann, diesmal von *Subject G (myself)*:

Der Traumbericht lautet: «Mein Schwiegervater erzählte mir, daß er einen Zukunftstraum gehabt habe.»

Wacherlebnis: Mein Schwiegervater erzählte mir, daß er gerade den ersten Traum seines Lebens gehabt habe.
Intervall: Eine Woche oder zehn Tage.
Wert: Gut. Die Wahrscheinlichkeit errechnet sich aus der Tatsache, daß es der erste erinnerte Traum meines Schwiegervaters war.

Ein anderer Proband des kühlen John W. Dunne, der sich erst auf dem Sterbebett als Spiritist offenbarte, war der russisch-amerikanische Romancier Vladimir Nabokov. Er führte eine Zeitlang ein Traumtagebuch streng nach den Vorgaben des irischen Serialisten. Das hatte freilich eine lästige Nebenfolge. Die Tagebücher förderten die Schlaflosigkeit, zu der Nabokov ohnehin neigte. Wer sich geistig schon aufs morgendliche Protokoll der nächtlichen Ereignisse einrichtete und gewissermaßen schon auf dem Jägerstand saß, den floh der süße Schlaf. Nabokov ließ das Traumtagebuch wieder sein. Er wußte, was er wußte, und schreibt schon auf der ersten Seite seiner Autobiographie *Speak, Memory*, er gestehe, er glaube nicht an die Zeit.

Umklammerte Russen und Babamüll

Von Arthur Schnitzler ist überliefert, daß auch er glaubte, später eintreffende Ereignisse vorherzuträumen und sogar prophetisch zu schreiben. In einem Traumgespräch mit seiner Gattin Olga bald nach Ausbruch des Ersten Weltkriegs sagt er: «Du weißt ja – ich schreibe immer die Dinge vorher, die später geschehn.» Auch der Selbstmord seiner Tochter im Jahr 1928, über den Schnitzler nie mehr hinwegkam, war in seiner Novelle *Fräulein Else* vier Jahre zuvor gespenstisch vorweggenommen; was natürlich nur heißt, daß die Tochter das Werk ihres Vaters genau kannte und sich nur allzusehr zu Herzen nahm; wenn es nicht heißt, was ebenso wahrscheinlich ist, daß Schnitzler beim Gestalten seiner Else jene Todessehnsucht der Tochter schon vorm inneren Auge hatte.

Von dem Traumgespräch mit seiner Frau Olga wissen wir, weil es neben dem Tagebuch, das Schnitzler seit seinem siebzehnten Lebensjahr bis zwei Tage vor seinem Tode führte und das knapp achttausend Seiten umfaßt, ein *Träume* überschriebenes Konvolut von gut vierhundert Seiten gibt, das Schnitzler seiner Sekretärin diktiert hatte. Dunne hätte darin womöglich reiches Material gefunden.

Er hätte es mit den späteren Tagebüchern abgleichen und auf Treffersuche gehen können.

Prognostisch oder nicht, Schnitzlers Traumtagebücher sind nicht weniger eindrucksvoll als seine eigentlichen Tagesnotizen und mindestens so aufschlußreich. Man trifft in ihnen ganz Wien – alle Großen seiner Epoche hatten mit Schnitzler verkehrt, und sie verkehren auch noch in seiner Traumwelt mit ihm. Stefan Zweig, Johann Strauß, Gustav Klimt, Karl Kraus, Hugo von Hofmannsthal, Gustav Mahler, zu dessen ersten Anhängern Schnitzler zählte, sie alle spazieren durch seinen nächtlichen Salon. Auch Sigmund Freud spricht dort gelegentlich vor, der Mahler in dessen letztem Lebensjahr im niederländischen Leyden zu einer Kurztherapie empfangen hatte, von der Schnitzler ihm später versichern konnte, sie habe dem Komponisten tatsächlich geholfen und ihm das Leben erleichtert. Dieses Leben war Mahler nämlich durch Almas Ehebruch mit dem Architekten Walter Gropius – dem *arischen* Gropius, wie Alma gerne betonte – zur Hölle geworden.

Fast hätte auch Schnitzler sich bei Freud therapieren lassen, ging dann aber doch auf Distanz zu ihm. Die Ironie ist nicht zu überlesen, wenn er im August 1915 notiert: «Traum, dass die Russen vollkommen umklammert seien. (Freud würde zweifeln, dass ich die Russen gemeint habe.)»

Und Freud hätte Grund für seine Zweifel gehabt. Der Erotomane Schnitzler, der sich in den Fäden seiner vielen

Affairen oft fast verhedderte, blieb auch im Traum nicht von jenem Dodererschen Räuberbuben verschont. Im Traum begehrt Schnitzler auch die nach vielen Zwischenstationen inzwischen mit Franz Werfel liierte Witwe des großen Komponisten. «Hatte lebhaft erotischen Traum von Alma», schreibt er im Dezember 1922, «sie hatte nur Bedenken wegen Werfel.»

Träume übertreiben. Solche Bedenken hätte Alma zwei Jahre später jedenfalls schon nicht mehr gehabt. Da schrieb sie in ihrem Tagebuch, Werfel sei ihr wieder zusammengeschrumpft zu dem «kleinen, häßlichen, verfetteten Juden des ersten Eindrucks».

Der nicht-arische Schnitzler träumt vier Jahre später, er sage zu Alma, die er sogar im Traum noch siezt: «Schade, dass ich Sie nicht früher kennengelernt habe – Sie waren die einzige Frau, für die ich ein Verbrechen hätte begehn können.» Alma fühlte sich geschmeichelt. Hätte Schnitzlers Verbrechen in einem Liebesmord bestanden, wäre die Welt um Almas Memoiren *Mein Leben* gekommen, die in ihrer hemmungslosen Selbstverklärung sogar das Journal Anaïs Nins in den Schatten stellen.

Für Almas ersten Mann ist Schnitzler im Traumtagebuch voller Bewunderung. Einmal fährt er drei Jahre nach Mahlers Tod im Traum mit ihm in einem Fiaker und fühlt sich, hochgewachsen, wie er war, «klein ihm gegenüber». Auch einen Schriftsteller gibt es, zu dem er insgeheim aufzublicken scheint. In der Neujahrsnacht 1908 träumt Schnitzler, sein verstorbener Vater mahne ihn, er habe in diesem Jahr doch sehr wenig geschrieben. Woraufhin der Sohn sich mit dem Hinweis wehrt, Thomas Mann habe «seit 99 Jahren» nichts mehr geschrieben. Pedantisch gesprochen, waren es nur sieben Jahre her, seit *Buddenbrooks* ihren seither verstummten Autor berühmt gemacht hatten; aber der Traum rundet gern großzügig auf. Die geheime Verehrung rückt er durch die neunundneunzig erst recht ins Relief.

Arthur Schnitzler war nicht der einzige, der auch ohne Anweisung John W. Dunnes seine Träume aufzeichnete. Ein Traumtagebuch hatte auch der deutsche Philosoph und Musikologe Theodor W. Adorno geführt, der im kalifornischen Exil – wie auch das Ehepaar Werfel – zum Nachbarn Thomas Manns geworden war. Der hatte die Schaffenskrise nach den *Buddenbrooks* inzwischen überwunden und nach dem *Zauberberg*, der *Joseph*-Tetralogie und zwei Dutzend Erzählungen sein Alterswerk *Doktor Faustus* begonnen, für das ihm der Musikkritiker gerade recht kam. Der Fürsprecher der Moderne wurde freundlich um Rat gebeten, und am Ende dachte Adorno sich alle Kompositionen des Tonsetzers Adrian Leverkühn für den *Faustus* aus. Aus Dank dafür flocht Thomas Mann Adornos Mutternamen in den Roman ein, den «Wiesengrund». Außerdem setzte er dem Teufel, der Leverkühn erscheint und der Gustav Mahler nachgebildet war, den auch Thomas Mann verehrte, Adornos Hornbrille auf.

Adorno hatte es nicht gerade mit Humor genommen. Einmal war es auf einer Party sogar zu einer kleinen Szene gekommen, wie Thomas Mann im Tagebuch festhält:

> Verzögerungen und hysterischer Ausbruch des auf die Beendigung der Mahlzeit wartenden Adorno, in dessen Brust das Bewußtsein der musikalischen Teilhaberschaft am Faustus gährt [sic]. Etwas unheimlich.

Vielleicht war Humor überhaupt die Sache des *Faustus*-Teilhabers nicht? Um so erstaunlicher die Ausnahme: die Traumprotokolle, die er selbst noch zu Lebzeiten hatte veröffentlichen wollen, was dann aber erst postum geschah. Wenn die Wahrheit im Traum sich zeigte, hätte Adorno eben doch Humor.

Am 22. März 1966 träumt er, Peter Suhrkamp habe ein großes kulturkritisches Buch geschrieben – «auf plattdeutsch. Titel: Pa Sürkups sin Kultur.» Ein andermal, im September 1958, träumt er, daß er mit einer großen, in Frack gekleideten Dogge tanzt. «Ich überließ mich ganz der Dogge und hatte, zum Tanzen überaus unbegabt, das Gefühl, zum ersten Mal in meinem Leben tanzen zu können, sicher und hemmungslos. Zuweilen küßten wir uns, der Hund und ich. Höchst befriedigt aufgewacht.»

In der Regel sind es aber doch die menschlichen Geliebten, die ihm im Traum erscheinen. Anders als bei der Dogge nicht immer zu seiner Befriedigung. Man beachte in der folgenden Passage auch, wie Adorno seiner Marotte des möglichst weit nach hinten gerückten Reflexivpronomens auch im Traumprotokoll nicht sich entschlagen kann. Und man vergegenwärtige sich, daß es seine Frau Gretel war, die alle diese Protokolle abtippte.

> Ich unterhielt mich mit meiner Freundin X über die erotischen Künste, deren ich sie für mächtig hielt. Dabei fragte ich sie, ob sie es par le cul könnte. Sie begegnete der Frage mit viel Verständnis und antwortete, an manchen Tagen könne sie es, an manchen nicht. Heute gerade sei es unmöglich. Mir schien das ganz plausibel, doch dachte ich darüber nach, ob es die Wahrheit oder ein Vorwand sei, nach Dirnenart sich mir zu entziehen. Da erklärte sie, sie könne andere, weit schönere, ungarische Dinge, von denen ich gewiß noch nichts gehört hätte. Auf meine begierige Frage antwortete sie: nun, zum Beispiel Babamüll. Sie begann mir das auseinanderzusetzen. Es stellte sich aber bald heraus, daß es bei der vermeintlichen Perversität um eine höchst komplizierte, mir ganz undurchsichtige, aber offenbar illegale Finanzoperation sich handelte, etwas wie

> eine gefahrlose Methode, ungedeckte Checks auszugeben. Ich machte sie darauf aufmerksam, daß das mit den versprochenen Liebesdingen doch gar nichts zu tun habe. Doch überlegen und unnachgiebig bedeutete sie mir, ich müsse scharf aufmerken und Geduld haben, das andere komme schon. Da ich aber den Zusammenhang längst nicht mehr begriff, verzweifelte ich daran, je zu erfahren, was Babamüll sei.

Ein Rätsel, das wohl ungelöst bleiben wird. Die Scheck-Methode hätte dabei sicher auch einige Investmentbanker interessiert. Beziehungsweise, sie hat sich seit der Jahrtausendwende offenbar schon unter ihnen herumgesprochen. Ist *Babamüll* Adornos seherische Vorwegnahme der Schrottpapiere? Hier wäre wieder Mr. Dunne gefragt.

Halsketten und große Kämme

Fremder Leute Tagebücher liest man indessen auch gern, wenn sie nicht wie Kafka Jahrhundertschriftsteller, wie Krausser große Anekdotenerzähler, wie Sloterdijk unfrisierte Feuerköpfe, wie J. W. Dunne Traumforscher oder wie Adorno Doggenliebhaber sind. Warum liest man sie gerne? Die Gründe dafür sind ebenso vielfältig wie die fürs Führen eines Tagebuchs. Ein ganz spezieller Grund trifft auf eine ganz spezielle Klasse von Tagebüchern zu: solche, in denen sich die große Geschichte niederschlägt. Betrachten wir ein paar solcher historisch bedeutsamer Tagebücher. Wie spiegelt sich das Riesige im Kleinsten? Wie etwa spiegelt sich etwas so Gewaltiges wie die Entdeckung Amerikas im privaten Logbuch des zufälligen Entdeckers, der das gefundene Land für einen Teil Asiens hält?

> Christoph Kolumbus, 12. Oktober, Guanahani (San Salvador)/Bahamas
> Um zwei Uhr morgens kam das Land in Sicht, von dem wir etwa 8 Seemeilen entfernt waren. Wir holten alle Segel ein und fuhren nur mit einem Großsegel, ohne Nebensegel. Dann lagen wir bei und warteten bis zum Anbruch des Tages, der ein Freitag war, an welchem wir zu einer Insel gelangten, die in der Indianersprache «Guanahani» hieß. Dort erblickten wir alsogleich nackte Eingeborene.

Nachdem Kolumbus mit zwei Kapitänen an Bord eines mit Waffen versehenen Bootes an Land gegangen ist, die königliche Flagge entfaltet und vor Augenzeugen im Namen des Königs und der Königin von der gesamten Insel Besitz ergriffen hat, sammeln sich zahlreiche Eingeborene um ihn.

In der Erkenntnis, daß es sich um Leute handle, die man weit besser durch Liebe als mit dem Schwert retten und zu unserm Heiligen Glauben bekennen könne, gedachte ich, sie mir zu Freunden zu machen und schenkte also einigen unter ihnen rote Kappen und Halsketten aus Glas und noch andere Kleinigkeiten von geringem Wert, worüber sie sich ungemein erfreut zeigten. Sie wurden so gute Freunde, daß es eine helle Freude war. Sie erreichten schwimmend unsere Schiffe und brachten uns Papageien, Knäuel von Baumwollfaden, lange Wurfspieße und viele andere Dinge noch, die sie mit dem eintauschten, was wir ihnen gaben, wie Glasperlen und Glöckchen. Sie gaben und nahmen alles von Herzen gern – allein mir schien, als litten sie Mangel an allen Dingen. Sie gehen nackend umher, wie Gott sie erschaffen, Männer wie Frauen, von denen eine noch sehr jung war …
Sie führen keine Waffe mit sich, die ihnen nicht einmal bekannt sind; ich zeige ihnen die Schwerter und da sie sie aus Unkenntnis bei der Schneide anfaßten, so schnitten sie sich. Sie besitzen keine Art Eisen. Ihre Spieße sind eine Art Stäbe ohne Eisen, die an der Spitze mit einem Fischzahn oder einem anderen harten Gegenstand versehen sind. Im allgemeinen

> haben sie einen schönen Wuchs und anmutige Bewegungen …
> Sie müssen gewiß treue und kluge Diener sein, da ich die Erfahrung machte, daß sie in Kürze alles, was ich sagte, zu wiederholen verstanden; überdies glaube ich, daß sie leicht zum Christentum übertreten können, da sie allem Anschein nach keiner Sekte angehören. Wenn es dem Allmächtigen gefällt, werde ich bei meiner Rückfahrt sechs dieser Männer mit mir nehmen, um sie Euren Hoheiten vorzuführen, damit sie die Sprache [Kastiliens] erlernen.

So sah sie aus, die Ankunft in der Neuen Welt. Wie freilich schon Lichtenberg wußte, hatte die Sache zwei Seiten:

> Der Amerikaner, der den Kolumbus zuerst entdeckte, machte eine böse Entdeckung.

Weniger folgenreich als die Fahrten des Kolumbus war die Expedition, die Charles Darwin im Süden Amerikas unternahm. Wie wir aus seinem Reisetagebuch erfahren, waren seine Gastherren in Uruguay vor allem an zwei Dingen interessiert. Daß die Erde kugelförmig sei, mochten sie zwar kaum glauben, aber es brannte ihnen auch nicht auf den Nägeln. Sehr dagegen zwei andere Fragen, mit denen sie sich an den Besucher wandten. Die Damen von Buenos Aires seien doch die schönsten der ganzen Welt? Darwin bejahte höflich. Und dann die andere Frage: Trügen die Damen in irgendeinem anderen Teil der Welt so große Kämme? Große Erleichterung, als der weitgereiste Gast ihnen versicherte: nein, nirgendwo in der Welt, die Kämme der Damen in Buenos Aires waren die größten. – Man hatte es immer vermutet, aber nun wußte man es offiziell. Aus Dankbarkeit überließ der Gastgeber Darwin sein eigenes Bett.

Die schwarze Flagge

Einer anderen Entdeckung ging ein dramatischer Wettlauf zwischen zwei Teams voraus. Als der britische Marineoffizier Robert Falcon Scott 1912 mit der Terra-Nova-Expedition als erster den Südpol erreichen wollte, wußte er den Norweger Amundsen auf gleicher Mission. Scotts Tagebücher wurden später gefunden; ein Bericht, wie die *New York Times* seinerzeit schrieb, «der jedes Herz erregt, das sich durch Geschichten von Heldentum und Leiden erregen läßt».

15. Januar 1912:
Lager 67. Höhe 3025 Meter. Temperatur 32°.
Nach dem zweiten Frühstück glitt der Schlitten

erstaunlich leicht vorwärts – teils infolge des geringen Gewichtes, teils auch weil er richtig beladen war, hauptsächlich aber infolge unserer stärkenden Rast. Jedenfalls machten wir einen großartigen Nachmittagsmarsch von 11 ½ Kilometern, haben es also heute im ganzen auf mehr als 22 Kilometer gebracht!

Ein wunderbarer Gedanke, daß nur noch zwei lange Märsche uns an den Pol bringen werden! Nur noch lumpige 50 Kilometer! Wir müssen hinkommen, koste es was es wolle! Jetzt schreckt mich nur noch die furchtbare Möglichkeit, daß die *norwegische Flagge vor der unsern dort flattern könnte!*

16. Januar

Lager 68. Höhe 2970 Meter. Das Furchtbare ist eingetreten – das Schlimmste, was uns widerfahren konnte! –

Wir machten am Vormittag einen guten Marsch und legten 14 Kilometer zurück. Die Mittagsobservation zeigte uns, daß wir uns auf 89° 42′ südlicher Breite befanden, und wir brachen am Nachmittag in sehr gehobener Stimmung auf, denn wir hatten das sichere Hochgefühl, morgen unser Ziel zu erreichen. Nach der zweiten Marschstunde entdeckten Bowers' scharfe Augen etwas, das er für ein Wegzeichen

hielt. Es beunruhigte ihn, aber schließlich sagte er sich, es werde wohl ein Sastrugus [eine Schneedüne] sein. In wortloser Spannung hasteten wir alle weiter – uns alle hatte der gleiche furchtbare Verdacht durchzuckt, und mir klopfte das Herz zum Zerspringen. Eine weitere halbe Stunde verging – da erblickte Bowers vor uns einen schwarzen Fleck! Ein natürliches Schneegebilde war das nicht – konnte es nicht sein – das sahen wir nur zu bald! Geradewegs marschierten wir darauf los, und was fanden wir? Eine schwarze, an einem Schlittenständer befestigte Flagge! In der Nähe ein verlassener Lagerplatz – Schlittengleise und Schneeschuhspuren kommend und gehend – und die deutlich erkennbaren Eindrücke von Hundepfoten – vieler Hundepfoten – das sagte alles! – *Die Norweger sind uns zuvorgekommen – Amundsen ist der erste am Pol!*
Eine furchtbare Enttäuschung! Aber nichts tut mir dabei so weh als der Anblick meiner armen, treuen Gefährten! All die Mühsal, all die Entbehrung, all die Qual – wofür? Für nichts als Träume – Träume über Tag, die jetzt zu Ende sind. –
An Ruhe war in dieser Nacht nicht zu denken! Schon die Aufregung ließ uns nicht schlafen, die Aufregung über diese Entdeckung – des schon entdeckten Pols!

Alle Gedanken, die in uns aufstiegen, alle Worte, die
fielen – alles endete mit einem furchtbaren Zu spät!
Und als es dann still wurde im Zelt – da brüteten
wir gewiß alle über der einen finstern Vorstellung:
Mir graut vor dem Rückweg! –

Der zweieinhalb Monate später sein bekanntes tragisches Ende fand, überliefert in Scotts Logbuch, das er bis kurz vor seinem Tode führt.

29. März
Lager R60. Seit dem 21. hat es unaufhörlich aus
Westsüdwest und Südwest gestürmt. Wir hatten
am 20. noch Brennstoff, um jeden Tag zwei Tassen
Tee zuzubereiten, und trockne Kost auf zwei Tage.
Jeden Tag waren wir bereit, nach unserm nur
20 Kilometer entfernten Depot zu marschieren, aber
draußen vor der Zelttür ist die ganze Landschaft ein
wirbelndes Schneegestöber. Wir können jetzt nicht
mehr auf Besserung hoffen. Aber wir werden bis
zum Ende aushalten; freilich werden wir schwächer;
und der Tod kann nicht mehr fern sein.
Es ist ein Jammer, aber ich glaube nicht, daß ich
weiter schreiben kann.
R. Scott
Last entry. For God's sake look after our people.

Im November fand ein Suchtrupp das letzte Lager der Südpolgruppe und Scotts Tagebuch, das zum Testament geworden war. Seine Dramatik hatte es auch dem jungen Nabokov angetan, der sich von Scotts Tagebüchern zu dem frühen, erst 1996 uraufgeführten Drama *Der Pol* anregen ließ.

Der Sieger des Wettlaufs hatte nach seinem Erfolg keinen frohen Tag mehr. Alle liebten den Verlierer, für Amundsen blieben nur Ranküne und Ressentiment. Schließlich verdanke er seinen Vorsprung nur den Schneehunden, auf die der Präsident der Londoner *Royal Geographical Society* höhnisch toastete, woraufhin Amundsen den Club verließ.

Erst in den siebziger Jahren sickerte allmählich durch, daß Scott vor allem auch ein großer Stümper gewesen war. Ohne sein Tagebuch, in dem er den Helden gab, wären etliche Polarstationen, Mondkrater, Meteoriten und Raumsonden nicht nach ihm benannt.

Köpfen, Hängen, Spießen

Aber auch im Abendland wurde dramatisch Geschichte gemacht, die sich im Tagebuch niederschlug. Gut hundert Jahre vor der Französischen Revolution hatte sich vor Wien das Schicksal Europas entschieden. Zum zweiten Mal lagen die Türken vor der Stadt, und dieses Mal schien der Sieg ihrer. Es hing an einem seidenen Haar: Wien war kurz vor der Niederlage, die Stadtmauern waren schon vermint, die Belagerten zermürbt. Es ging um Tage, ja Stunden. Hätte der türkische Oberbefehlshaber Kara Mustafa Pascha nur eine Fehlentscheidung weniger gefällt und wäre das polnisch-deutsche Entsatzheer nicht rechtzeitig eingetroffen, wäre der goldene Apfel, wie Wien genannt wurde, in den Schoß des Osmanischen Reichs gekullert – und wohl ganz Europa muslimisch geworden. Ein später Reflex dieser Jahrhundertbedrohung findet sich in Mozarts Oper *Entführung aus dem Serail*, in der Osmin im Koloraturbaß schmettert: «Erst geköpft, dann gehangen, Dann gespießt auf heiße Stangen; Dann verbrannt, dann gebunden, Und getaucht; zuletzt geschunden.»

Nicht sehr viel anders liest es sich im Original. Es hat sich ein Tagebuch erhalten, das der Zeremonienmeister der Hohen Pforte während der Belagerung Wiens 1683 geführt hat, ein treuer Ergebener des Kara Mustafa Pascha und bis zum Schluß vom baldigen Sieg überzeugt. Was dieser vermutlich Achmed genannte Diarist über die Behandlung der Ungläubigen, genannt «Giauren», festhielt, macht Mozarts Osmin zu einer realistischen Figur.

Genau einen Tag bevor sich das Schlachtenglück wendete, schreibt Achmed ins Tagebuch:

> Inzwischen ließen die Glaubensfeinde dort, wo Kara Mehmed Pascha stand, am Ufer entlang und dann auf dem Klosterweg ihre Vorhuten vorrücken, und nun gingen auf der islamischen Seite die kampfbegierigen Glaubensstreiter wie die ausgehungerten Wölfe zum Angriff über; sie ließen von den zweihundert bis dreihundert Giauren eine große Anzahl ins Gras beißen und brachten zwei Köpfe ein.
>
> Vom Sohn des Atli Beğ wurde ein junger Gefangener eingesandt; er wurde unverzüglich dem Scharfrichter übergeben.
>
> Als dem Großwesir von Kara Mehmed Pascha die Meldung zugeleitet wurde, daß die gottlosen Giauren die Streitscharen des Islams wie die wildgewordenen Schweine angriffen, wurden sofort sämtliche Gefolgsmänner und Dienstleute des Großwesirs in voller Ordnung und Bewaffnung bereitgestellt.

> Gleichzeitig wurde der Jarnitscharenağa zum Großwesir gerufen und erhielt den Befehl, mit den Fußtruppen der Janitscharen der Hohen Pforte auf dem Kampfgelände vor den Geschützen Gräben zu beziehen; er rückte also eiligst ab. [...] Der erhabene, sieghafte Großwesir blieb in seiner Zeltburg und erließ an diejenigen, die mit ihm zu ziehen bestimmt waren, den Befehl, bereit und wachsam zu sein.
> Dann kamen aus dem Kampfgebiet ein weiterer Kopf und zwei Gefangene; es wurde beiden der Kopf abgeschlagen und ihr erbärmliches Dasein aus dem Register der Zeiten getilgt.
> Es kam noch die Nachricht, daß man mit fünf Sprengbohrungen nun je vier Ellen tief in die Festungsmauern eingedrungen sei und die Stellen für die Aufnahme der Pulverladungen bald erreicht sein würden.

Da hing es an besagtem Haar. Hätten die Sprengladungen angebracht und gezündet werden können, wäre die Festung Wien gefallen. Doch am nächsten Morgen muß Achmed melden,

> daß die Truppen der unseligen Giauren in Stärke von zweihunderttausend Mann über den Berg am

> Donauufer anrückten und daß auf der Seite, wo Kara Mehmed Pascha stand, der Kampf und Streit bereits entbrannt sei.

Ein zweiter Chronist namens Mehmed vermerkt zu diesem 11. September im Tagebuch:

> Und somit war die ganze Belagerung von sechzig Tagen umsonst gewesen.
> Als nun die Ketzer in der Festung sahen, wie das Heer der Giauren in der Gegend des schon erwähnten Klosters am Fuße der deutschen Berge gegenüber der Festung eintraf und sich am Rande der Weingärten lagerte, da waren sie wie neubeseelt; von beiden Seiten ließen sie bis zum Abend und vom Abend bis zum Morgen die Geschütze und Flinten knallen und ein derartiges Feuerwerk von Raketen steigen, daß es nicht zu beschreiben ist – Allah verderbe und vernichte sie!

Doch Allah dachte nicht daran; Kara Mustafa mußte sich zurückziehen und wurde später auf Weisung des Sultans erdrosselt. Dank Achmeds Tagebuch wissen wir, daß er dazu mit eigenen Händen seinen Vollbart anhob.

Das Volk klatschte Beifall

Falls jemand über die Brutalität der Türken die Nase gerümpft haben sollte, halte man ihm ein anderes Tagebuch unter dieselbe. Es wurde unter dem Titel *Nie war es herrlicher zu leben* erstmals im Jahr 2011 publiziert und war eine kleine Sensation: das geheime Tagebuch des Herzog von Croÿ, eines französischen Marschalls am Hofe des Königs Ludwig XV. Croÿs Tagebuch ist eine eindrucksvolle Quelle für die Usancen des höfischen Lebens, die Macht der Mätressen, die Stimmung im vorrevolutionären Frankreich, die Unfähigkeit der Staatsführung. Eine Quelle auch, die uns einen Staatsakt näher vor Augen führt, als wir es uns vielleicht gewünscht hätten.

Als am 5. Januar 1757 der offenbar schizophrene Robert-François Damiens den in seine Kutsche steigenden König angriff und mit einem Messer leicht ritzte, hielt der Hof den Atem an: Man wußte nicht, ob die Spitze des Messers giftgetränkt und das Fieber des Königs das erste Anzeichen der Agonie war. Als Ludwig XV. sich wieder erholt hatte, wurde Croÿ nach Arras in die Heimat des Attentäters geschickt, wo er eine Untersuchung durchführte. Damiens wurde zu der Strafe verurteilt, die traditionell auf Königsmord stand. Das letzte Mal war sie bei

Ravaillac, dem Mörder Henri IV., vollzogen worden. Auch in England war sie üblich, wie man bei Pepys nachlesen kann, der im Oktober 1660 notiert: «Nach Charing Cross, um zuzuschauen, wie Major Harrison gehängt, ausgedärmt und gevierteilt wurde. Er sah sehr vergnügt dabei aus.»

Nach schwerer Folter wurde Damiens gevierteilt. Was sich leichter befehlen als in die Tat umsetzen ließ, wie Croÿ im Tagebuch berichtet. Nie ist diese Hinrichtung so detailliert geschildert worden; Details, in denen der König bei seinen Nacherzählungen vor Diplomaten *etwas* zu sehr schwelgte, wie selbst sein Verehrer und Speichellecker Croÿ zugeben muß.

> Um ihn zerreißen zu können, spannte man für seine Schenkel zusätzlich die zwei Karrenpferde an, zog, trieb alle sechs Pferde auf einmal. Das verdoppelte nur sein Brüllen, das – denn so stark war dieser Mann – nicht leiser werden wollte. Die Henker, die sich nicht mehr zu helfen wußten, gingen im Rathaus nachfragen. Man beschied ihnen, daß er gevierteilt werden müsse. Man begann wieder mit dem stoßweisen Zerren der Pferde. Die Schreie verstummten nicht, aber die Pferde begannen von ihrem Stampfen auf der Stelle müde zu werden. Daraufhin erlaubten die Richter, daß man ihn in

> Stücke haue; ein Henker hieb in den Schenkel und ließ zugleich die Pferde ziehen. Damiens hob noch den Kopf, um zu sehen, was man mit ihm mache, und er, der Gotteslästerer, stieß keine Flüche aus, sondern wendete seinen Kopf immer wieder zum Kruzifix und küßte es. Die Beichtväter redeten auf ihn ein. Schließlich, nach anderthalb Stunden dieser durch ihre Dauer beispiellosen Qualen, riß zuerst der linke Schenkel ab. Das Volk klatschte Beifall. Bis dahin schien es nur gleichmütig neugierig gewesen zu sein. Dann riß, durch das Hineinhacken, der andere Schenkel ab. Dann hieb man in eine Schulter, die schließlich abgetrennt wurde. Das Schreien verstummte nicht, war aber viel schwächer geworden. Der Kopf bewegte sich noch.

Dagegen nehmen sich die Osmanen schon wieder zivil aus ... Ein Genrebild aus der Zeit, von der Talleyrand gesagt hatte, wer sie nicht kennengelernt habe, der wisse nicht, was die *douceur de vivre* sei.

Sarajevo

Ähnliches wurde von der letzten Donau-Monarchie gesagt. Das welthistorische Attentat, das ihr Ende einläuten sollte, wurde in seiner Bedeutung von niemandem sofort erkannt. Notorisch ist der Eintrag Kafkas vom 2. August 1914: «Deutschland hat Rußland den Krieg erklärt». Punkt, Gedankenstrich. «Nachmittag Schwimmschule». Wie kann er nur! Die Leser von heute hätten sich etwas mehr Betroffenheit und einen weniger leichten Übergang zum Tagesgeschäft gewünscht – aber diese Leser sind Heuchler. Erstens hatte Kafka diese *hindsight* noch nicht, und zweitens fände man, wenn man in ihren Tagebüchern nachblättern würde, die gleiche Verteilung von Privatsorgen und Sorge ums Weltenwohl.

Was nicht heißt, daß es nicht auch hellsichtigere Zeitgenossen gab, die bald ahnten, welche Katastrophe sich anbahnte. Das Tagebuch Arthur Schnitzlers zeigt, wie früh man Bescheid wissen konnte, wenn man sich nicht von der Augusteuphorie benebeln ließ.

Am Anfang ist Schnitzler noch ganz auf der Seite Kafkas. Was dort die Schwimmschule war, ist bei ihm ein lästiger Schreibauftrag.

> 28. 6. […] Nm. telephonirt uns Julius dass Franz Ferdinand und Gemahlin in Sarajevo erschossen wurden; näheres dann die Hofrätin und Salten. – Schöner Sommertag. […] Praeoccupiert durch eine Aufforderung (Stern's) zur Festnummer des Roten Kreuzes; – allerlei Notizen zu einer Antwort, die ich doch nicht absenden werde. […] Die Ermordung F.F.s, nach der ersten Erschütterung wirkte nicht mehr stark nach. Seine ungeheure Unbeliebtheit.

Einen Monat später heißt es knapp:

> 25.7. […] Der oesterr.serb. Krieg in Aussicht.

Was machte Österreichs Außenminister Berchtold, der Hauptbeteiligte an der eine Woche darauf erfolgenden Kriegserklärung? Er ist, wie wir aus dem Tagebuch des immer gut unterrichteten Grafen Kessler erfahren, anderweitig beschäftigt.

> Am 31. Juli 1914, in Wien, als alles auf die serbische Antwort auf das österreichische Ultimatum wartet, hat er [Anton Kuh] Berchtold im Wurstl-Prater gesehen an einem Karussell, das als Treffplatz für Strichjungens bekannt war. Ein bildhübscher Junge in weißen Hosen und weißem Pullover fuhr auf dem Karussell und zwinkerte mit einem Auge einem

> eleganten Herrn zu, der ihn immerfort anschaute. Als das Karussell Pause machte, stieg der Junge ab und ging auf den Herrn zu, der ihn begrüßte und mitnahm. Der Herr war Berchtold. Im Augenblick, wo die beiden zusammen fortgingen, kamen unter großem Geschrei die Zeitungsjungen mit Extrablättern gelaufen: «Serbische Antwort auf das Ultimatum. Krieg mit Serbien, österreichischer Einmarsch in Serbien!» Der Beginn des Weltkrieges, den Berchtold herbeigeführt hatte.

Was soll man sagen? Das Hemd des eigenen Vergnügens war dem Menschen schon immer näher als der Rock der friedlichen Koexistenz. Doch folgen wir weiter den Aufzeichnungen Schnitzlers, bei dem sich die dramatischen Nachrichten kreuzen und überschlagen.

> 1. 8. […] Mit Leo Pontresina – Banken geschlossen. Kein Geld auf Creditbriefe. Allgemeiner Wahnsinn. Schweiz in Kriegszustand. […] Brief der Hofr. Zuckerkandl; u. a., dass Oesterreich heuer für den liter. Nobelpreis ausersehen. – und man daran denke ihn zwischen mir und Peter Altenberg zu theilen, was Olga noch viel aergerlicher empfindet als ich – (nicht aus finanz. Ursachen – sondern weil der lit. Nobelpreis noch *nie* getheilt worden).

Drei Tage später der prophetische Eintrag:

> 4. 8. [...] Im Hotel Nachr. von der Kriegserklärung Englands an Deutschland! – Der Weltkrieg. Der Weltruin. Ungeheuere und ungeheuerliche Nachrichten. –

Schnitzler dürfte einer der ersten gewesen sein, die den Weltruin so klar vorhersahen. Man schaut besser nicht nach München, wo Thomas Mann seinen Bruder- und Franzosenhaß in die *Betrachtungen eines Unpolitischen* leitet, in denen dem Krieg und seiner reinigenden Kraft viel Gutes abgewonnen wird. Schnitzler ist Arzt, und er weiß, was eine Phrase ist und was eine Notoperation.

> 13. 10. [...] Sah Otto Zuckerkandl operiren; an zwei Verwundeten; eine furchtbare Kieferverletzung; dann eine Kugel im Becken; – der wäre beinah verblutet; Unterbindung der Iliaca; Rettung. Hier ist das wesentliche des Krieges. Alles andre ließe sich wegdenken – Diplomatie – Weltgeschichte – Ruhm – Begeisterung – sogar der Tod. Nur das Leid ist das wesentliche. Und ich sehe den millionsten Theil eines millionstels.

Eine Erkenntnis, die auch dem Schopenhauerianer Thomas Mann angestanden hätte.

Ein halbes Jahr später kehren die ersten Soldaten von der Front zurück. Was Schnitzler von ihnen erfährt, übertrifft noch, was er sich ausgemalt hatte.

> [1915] 2. 3. [...] Paulsen kam, wieder beurlaubt, offenbar traumat. Neurose; allmälig begann er vom Krieg zu erzählen, – von dem Grauen der Schützengräben; dem Schrecken des Stellungskampfs. Sein Tagewerk: die Granaten zu erwarten und Abends 4–6 Kameraden begraben. Seit 3 Monaten. Vorher die offenen Schlachten tausendmal besser. Niemand sehnt sich zurück. Wers sagt ist ein Lügner. Endlich war er verschüttet, bewußtlos, zurückgeschickt, wieder einberufen und wieder zurückgeschickt. – Die zwei von der eignen Artillerie erschossenen. P. telephoniert an den Batteriechef. Der zurück: Ja – wir mußten uns erst einschießen – (Die Feinde sind nur zehn Meter voneinander eingegraben.)

Der Grabenkrieg war historisch neu. Alt und bekannt war die kakanische Wurstigkeit mit ihrem deutlichen Stich ins Sadistische.

> [1915] 6. 10. [...] Rabic, jetzt Hauptmann Luftschiffer, war in Serbien, geht jetzt nach Hamburg. Geschichten aus dem Krieg, unvergeßlich in ihrer äußern, innern Wahrheit. – Nur Schlagworte:

> Die Erschießung der Geiseln (weil zu viel). – Der Oberstltnt. [...] Zum Montenegr. Gefangenen: Bring mir ein Weib – sonst laß ich dich erschießen. [...] Der Hauptmann der Flieger, der auf Befehl des Stabs (obwohl er Einwendungen erheben könnte) 3 oder 4 Flieger in Nebel und Sturm, in den sichern Untergang aufsteigen läßt, – und das Eiserne Kreuz bekommt. – Photographien, darunter die Deserteure, die erschossen werden. Warens wirklich welche? – Es kommt schon vor, dass die Untersuchung nicht ganz genau geführt wird – «Man statuirt gern Exempel.» – Die aneinander gefesselten Serben am Abgrund hin, einer den andern, gestürzten mitschleppend. – Graun über Graun, Unrecht über Unrecht; Wahnsinn über Wahnsinn!

Wir waren, schrieb später der Kriegsfreiwillige Ernst Jünger, «zu einem großen, begeisterten Körper zusammengeschmolzen». Hatte er dabei an diese aneinandergefesselten Serben gedacht?

Schnitzler blieb nüchtern im Rausch der Stahlgewitter. Wenn er bei Jünger vom Krieg gelesen hätte, der das «Große, Starke, Feierliche» bringen mußte, dem Krieg als einem fröhlichen Schützengefecht «auf blumigen, blutbetauten Wiesen», hätte es ihn geschüttelt.

Wer war aber nun schuld an dem ganzen Grauen?

[1916] 21. 10. [...] Über die Schuldfrage in diesem Krieg. Rußland und England. Der Hass gegen Deutschland, besonders den Kaiser, der durch allerlei Taktlosigkeiten und Schwertschlägereien früherer Zeit nicht ohne Schuld. Aber Blödsinn zu sagen, dass er den Krieg wollte. Ich erwähne, dass der Kaiser in falscher Forschheit dem König Eduard von England in gemütlichem Zusammensein auf die unmöglichsten Körpertheile klopfte, was Eduard zur Verzweiflung brachte. Komisch zu denken, dass auch das zu den Kriegsursachen gehörte.

Jeanne d'Arc des Grenzwalds

Anders als Schnitzler, der nicht eingezogen wurde und den Ersten Weltkrieg in Wien erlebte, war sein Landsmann Heimito von Doderer, wie erwähnt, als Offizier in russische Gefangenschaft geraten und nach Sibirien verbracht worden. Wen er dort getroffen hatte, war der Engel von Sibirien, die in St. Petersburg in schwedischer Diplomatenfamilie geborene Krankenschwester Elsa Brändström, die gefangene Soldaten hinter der Ostfront betreute. Ihre Erinnerungen *Unter Kriegsgefangenen in Rußland und Sibirien*

1914–1920 sind kein Tagebuch im strengen Sinn, stützen sich aber offenkundig auf tägliche Notate.

Brändström versorgte vor allem Deutsche und Österreicher, doch die Nationalität der Leidenden war für sie so zweitrangig wie der Ort, an dem sie arbeitete: «Sie pflegte Kranke in Fabriken, Zirkusgebäuden und Gefängnissen», schreibt Peter Maxwill, «kümmerte sich um Todgeweihte in Scheunen, Schulhäusern, Kasernen und Baracken.» Brändström blieb ganze sechs Jahre lang im Freiwilligendienst und kämpfte um das Leben jedes einzelnen Gefangenen – mit insgesamt 700 000 hatte sie während ihrer Irrfahrt durch das Russische Reich Kontakt. Immer wieder wurde sie Zeugin von Szenen wie dieser:

> Im Februar 1915 kamen zwei Waggons in Samara an … Jeder vermutete mit Recht Lebensmittel darin, aber sie enthielten 65 Türken, von denen noch acht lebten. Man leitete die Waggons auf ein Gleis vor der Stadt, hob dort eine Grube aus, löste die angefrorenen Leichen mit Hacke und Spaten vom Boden und warf sie in die Grube.

Das Schlimmste in den Lagern waren dabei noch nicht einmal die körperlichen Strapazen.

> Wie schwer auch die äußeren Verhältnisse auf dem Einzelnen lasteten, … so wurden diese Leiden doch

> oft weit von dem seelischen Druck der Gefangenschaft übertroffen ... Die Gefangenenpsychose griff mehr und mehr um sich. Eine nagende Unruhe, ein verzweifeltes Gefühl der Leere, Mißmut und Abscheu gegen alles nahmen überhand ... alles ging in Wahnsinn unter – wild und unbändig, oder scheu und still.

Alles ging in Wahnsinn unter – Schnitzler hatte es von Anfang an kommen sehen. Das Weltfest des Todes, wie es im *Zauberberg* hieß, dessen Autor sich später dann doch noch besann, war ein teuflisches Fest. So glaubte es allzu wörtlich auch die russische Bauernschaft. Elsa Brändström erlebt folgende Szene in Kiew:

> Da rollt ein langer Zug in die Station, und aus den aufgeschobenen Türen springen die Kriegsgefangenen hinter den Posten herunter. Bauern und Bäuerinnen gehen rund um die Gefangenen herum, sie flüstern und gaffen und kommen näher. Zum ersten Mal sehen sie Gefangene. Aus der Zeitung hat man ihnen die Beschreibung dieser gefährlichen ‹Germanskis› vorgelesen ... Plötzlich faßt ein Bauer einen kühnen Entschluß: Vorsichtig lüftet er die Mütze eines Gefangenen und starrt, alle starren – es ist kein Horn an der Stirn, wie man von den Deutschen behauptet hat.

Brändström reiste unermüdlich weiter durch das Russische Reich, als die meisten anderen Freiwilligen in den Armeelazaretten schon ihren Dienst quittiert hatten. Erst ab 1916 entspannte sich die Lage etwas. Aber auch das Ende des Krieges bedeutete nicht, daß der Schrecken vorüber war. Die Revolution war ausgebrochen, die Bolschewisten eroberten immer größere Landstriche, es herrschte blutiger Bürgerkrieg, zwischen dessen Fronten Elsa Brändström fast ums Leben kam.

Es ist der Moment, in dem sich ihr Weg mit dem des Mannes kreuzt, der in Sibirien zum Schriftsteller geworden war. Auch Doderer geriet auf seinem Heimweg aus der Gefangenschaft in die Wirren des Bürgekriegs. In Samara mußte er umkehren und wieder nach Sibirien zurück. Die Weißen flohen vor der Roten Armee, die österreichischen Gefangenen wurden mitgeschleppt und umquartiert. Das typhusverseuchte Lager, in das Doderer zuletzt kam, wurde vom Roten Kreuz und Elsa Brändström betreut.

Auch sie kam erst 1920 aus Rußland wieder zurück nach Schweden. Durch die medizinische Grundversorgung, die sie bei den Behörden durchgesetzt hatte, sank die Sterblichkeit in den Lagern von 80 auf knapp 20 Prozent. Tausende, wenn nicht Zehntausende Gefangene verdankten ihr Leben der schwedischen Samariterin. Einer von ihnen war der Maler und Grafiker Erwin Lang, ein persönlicher Freund Doderers.

Nach ihren 1922 publizierten Erinnerungen wurde Brändström berühmt und fünfmal für den Friedensnobelpreis vorgeschlagen. 1933 erhielt sie ein Telegramm von einem ehemaligen Gefreiten und Meldegänger, der 1918 in Flandern von Senfgas getroffen worden und infolge einer Kriegshysterie vorübergehend erblindet war. Inzwischen erfreute er sich wieder besten Augenlichts und war Reichskanzler. Adolf Hitler bat den Engel von Sibirien um ein Treffen.

Frau Brändström verzichtete. Sie übersiedelte in die Vereinigten Staaten, kümmerte sich mit gewohnter Energie um Flüchtlinge, beteiligte sich an der Gründung der CARE-Organisation, die durch den Telegramm-Verfasser notwendig geworden war, und starb 1948 in Cambridge an Knochenkrebs.

Unter den vielen Denkmälern, die seither für sie erbaut wurden, stand eines auch in dem kleinen Park, auf den Doderer blickte, wenn er aus seinem Fenster sah. In seinem letzten, Fragment gebliebenen Roman *Der Grenzwald* werden wir Zeuge, wie dieses Denkmal der «Jeanne d'Arc von Sibirien», wie er sie nennt, gerade eben gegenüber dem Hause, «darin diese Berichte jetzt geschrieben werden», enthüllt wird.

Ein noch bedeutenderes Denkmal setzte ihr Doderer in seinem *Grenzwald* selbst. Am Ende seines Schriftstellerlebens kommt er auf dessen Anfänge und seine sibirische

Gefangenschaft zurück. Die Ermordung ungarischer Offiziere, in die seine Hauptfigur verwickelt ist, kann zwar auch jene Jeanne d'Arc nicht verhindern. Aber sie riskiert ihr Leben bei dem Versuch. «Mich können Sie erschießen», läßt Doderer sie ausrufen, «die Stimme des Schwedischen Volkes bringen Sie nicht zum Schweigen.»

Strahlende Gegenfigur in diesem dunklen Kosmos – Elsa Brändströms Überleben wäre gesichert, auch wenn alle andern Denkmäler verwitterten.

Die Fackel im Fenster des Reichstags

Wäre auch das ein Fall für John W. Dunne? 1924 träumte Arthur Schnitzler, daß er mit Stefan Zweig in einem Wiener Lokal vor einer «Hakenkreuzergesellschaft» fliehen muß. Sie setzen ihnen nach, aber die Flucht gelingt. Schnitzlers Freund Stefan Zweig wird später vor den Hakenkreuzlern bis nach Brasilien fliehen.

Für das, was sich im nächsten Jahrzehnt unter dem Zeichen des Hakenkreuzes verdichten wird, finden sich in Schnitzlers Tagebuch die Anzeichen schon früh. Sein Theaterstück *Professor Bernhardi*, in Österreich verboten, weil es Intrigen des Klerus gegen einen jüdischen Arzt behandelt, wird 1912 in Berlin uraufgeführt. Schnitzler hört später, wie das Stück im Publikum kommentiert worden war:

> Hinter dem Redner saßen 2 Damen und äußerten: Das müssen ja schaudervolle Zustände in Österreich sein. Da drehte sich Redner um und antwortete: «Die Zustände in Österreich sind ganz gute aber der Jude hat frech gelogen.» «(Großer Beifall –)»

1914 schreibt Schnitzler über die «Boycottierung der wenigen jüdischen Assistenten» an der medizinischen Fakultät. Die Zeitungen schwiegen darüber. Später hört man, in die Typhus-Spitäler würden nur die jüdischen Ärzte geschickt. Und der Krieg macht die Sache nicht besser. «Schon wieder ein Aristokrat gefallen», ruft eine Generalsgattin beim Lesen der Verlustlisten. «Es werden bald nur mehr Juden übrig sein –». Wogegen man indessen schon Maßnahmen erwägt:

> Eine Dame im Cafe Heinrichshof – erzählt, sie habe beim Labedienst den jüdischen Soldaten natürlich nichts gegeben die sollten überhaupt in der Front ganz vorn stehen um erschossen zu werden; – Erbitterung – sie wird sogar verhaftet – am Tag drauf – auf Intervention des Erzherzog Salvator frei gelassen! – Ist dieses Land zu retten?

Der grämliche große Autor, der nach dem Ersten Weltkrieg als unpatriotisch und *démodé* gilt und einer Zeit des schwindenden Ruhms entgegensieht, stirbt rechtzeitig, um den «Anschluß» und alles, was ihm folgte, nicht mehr mitzuerleben.

Zwei Monate nach Schnitzlers Tod im Oktober 1931 hört Harry Graf von Kessler im Rundfunk die Rede Brünings zur neuen Notverordnung gegen Hitler. Über jenen Kriegshysteriker, wie über den Aufstieg des Dritten Reichs, erfährt man nirgends so viel unbekannte Details wie aus dem Tagebuch des Mannes, den in Berlin auch Virginia und Leonard Woolf besucht hatten. Wie Schnitzler kennt Graf von Kessler alle Welt, aber als weitgereister Diplomat hat er zusätzlich Kontakte in die Machtzirkel und hohen Kreise der Politik. Kesslers Tagebücher sind eine unerhört reiche historische Quelle und ein Muster von Selbstzurücknahme und Takt. Der Graf, den man weithin für einen natürlichen Sohn Wilhelms I. hielt, spielt sich nie in den Vordergrund und hält nur gewissenhaft fest, was ihm die jeweiligen Gesprächspartner zutragen. Elisabeth Förster-Nietzsche schwärmt ihm von Hitlers glühenden Augen vor, Brüning weiß ganz anderes. Der Leser dieser Tagebücher wird immer wieder an der Schaurampe der Geschichte vorbei hinter die Kulissen geführt.

> Berlin, 27. Februar 1933. Montag
> Ein historischer Tag ersten Ranges. Das geplante Attentat hat heute stattgefunden, aber nicht auf Hitler, sondern auf das Reichstagsgebäude.

Wie das? Was kann der Graf damit meinen – der Reichstagsbrand ersetzt ein Attentat auf Hitler? Der Eintrag aus der Woche zuvor gibt die Erklärung. Kessler erfährt von Wieland Herzfelde, der ihn dringend zu sich bittet,

> daß nach unbezweifelbaren Informationen die Nazis ein gestelltes Attentat auf Hitler planten, das das Signal zu einem allgemeinen Blutbad geben solle. Seine Informationen stammten aus der SA in Dortmund und aus einem abgehörten Gespräch zwischen Hitler selbst und Röhm.

Am nächsten Tag verstärken sich die Gerüchte. Hitler selbst könne es nicht mehr aufhalten, seine Lage gleiche der eines Dompteurs, im Käfig mit zehn hungrigen Löwen eingesperrt: Wenn er ihnen kein Blut biete, werde er selbst von ihnen zerfleischt; Hitler zittere und gehe nur noch von zwölf schweren Jungen beschirmt, auch Göring sei ihm feindlich gesinnt.

Und eine Woche später – voilà, ein gelegen kommender Brand.

> Berlin, 28. Februar 1933. Dienstag
> Beim Reichstagsbrand ist als Brandstifter ein armer Hascher, ein angeblicher holländischer Kommunist, Marinus van der Lubbe, festgenommen worden und hat prompt ausgesagt, er sei von kommunistischen Abgeordneten zu der Tat angestiftet worden; auch mit der SPD habe er in Verbindung gestanden. Dieser etwa Zwanzigjährige soll an mehr als dreißig Stellen im Reichstag Brandmaterial verteilt und angesteckt haben, ohne daß seine Anwesenheit oder Tätigkeit oder die Hereinschaffung dieses massenhaften Materials von irgend jemandem bemerkt worden sei. Schließlich ist er der Schupo direkt in die Arme gelaufen, nachdem er vorsorglich alle seine Kleidungsstücke bis auf seine Hose ausgezogen und im Reichstag deponiert hatte, damit ja nicht durch ein Versehen seine Identifizierung mißglücken könnte. Er soll sogar mit der Fackel aus dem Fenster gewinkt haben.

Laut Kessler glaube niemand an eine kommunistische Brandstiftung. Ganz offensichtlich war der Reichstagsbrand eine Kompromißlösung zweier Flügel der Nazi-Partei. Für Hitler war er weniger riskant als ein simuliertes Attentat; und er war immer noch gut genug für die Bartholomäusnacht.

Auch über eine andere Blutnacht im Jahr darauf erfährt man durch Kesslers Tagebuch mehr, als in den Zeitungen zu lesen war. Es ist Brüning, der ehemalige Reichskanzler, der ihn in Paris über die Hintergründe des sogenannten Röhm-Putsches aufklärt, bei dem SS-Einheiten am 30. Juni 1934 die gesamte SA-Führung liquidiert hatten. Dämonisch sei dabei die Rolle Goebbels gewesen, dessen diabolische Klugheit Brüning schon damals erkennt.

> Goebbels habe die telegraphischen Gespräche Görings mit Hitler abgehört, in denen Göring zur ‹Exekution› Röhms und seiner Freunde aufreizte. Als er gemerkt habe, daß die Sache ernst werde und er selbst gefährdet sei, habe er sich schnell entschlossen in ein Flugzeug gesetzt, Hitler aufgesucht, Göring in seiner Schilderung des ‹Komplotts› übertrumpft und dann mit Hitler zusammen das Blutbad in München geleitet. Erst nachträglich, nachdem Röhm und Heines schon erschossen waren, sei ein ermordeter nackter Junge in ihr Zimmer geschafft worden. (Wahrscheinlich Goebbelsscher Propagandatrick.)

Über Hitler selbst weiß Brüning, er sei bauernschlau, gerissen und, wie nur schwache Menschen, grausam. Die Ermordung mit ihm befreundeter Personen lasse er sich immer «abringen». Er wühle dann in seinem Haar wie ein Wagnerscher Bühnenheld, stelle sich verzweifelt, «das *kann* ich doch nicht zulassen», und «erlaube» dann, was er sich bereits vor acht Tagen vorgenommen. In der Reichskanzlei seien vor seinem Schlafzimmer, dem alten Zimmer Bismarcks, noch elf weitere Zimmer reserviert. Im ersten schlafe sein Adjutant Brückner, die anderen zehn seien von seiner persönlichen Leibgarde besetzt, «große stramme Jungen», die keinen durchließen. Trotzdem wage Hitler sich nachts nicht weiter als bis ins dritte Zimmer. Er habe nachts schreckliche Angstzustände. Dann schreie er nach Brückner. Dieser gehe aber gelegentlich hinüber zum ‹Kaiserhof› ein Glas Pilsener trinken. Dann brülle Hitler nach ihm, schnauze die Leibgarde-Leute an, warum sie Brückner fortgelassen hätten? Einmal habe Hitler wieder nach ihm geschickt, aber Brückner habe sich nicht beim Bier stören lassen, sondern dem Mann der Leibgarde nur gesagt:

> «Mensch, hast du denn *noch* nicht gemerkt, daß der Führer verrückt ist?»

Als Szene in einem nach 1945 geschriebenen Roman fände man das wohlfeil, ebenso wie die Beschreibung Görings als eines morphiumsüchtigen Massenmörders. Das Wort fällt aber im Juli 1935.

Schon zwei Jahre zuvor hatte Kessler mit Hermann Keyserling über den ängstlichen Führer gesprochen.

Keyserling hatte Hitlers Handschrift und Physiognomie genau studiert und darin einen ausgesprochenen Selbstmördertyp erkannt: jemand, der den Tod suche und damit einen Grundzug des deutschen Volkes verkörpere, das seit der Nibelungennot immer in den Tod verliebt gewesen sei. – Auch kein schlechter Physiognom, Graphologe oder kurzweg Prophet.

Zu dieser Zeit glaubte Kessler in Paris noch für einen Moment an die Möglichkeit seiner Heimkehr. Dann erreicht ihn die Warnung eines Freundes, der aus SA-Kreisen erfahren hat, in Deutschland sei Kessler von sofortiger «Schutzhaft» bedroht. Langsam begreift der Graf, wie Thomas Mann in der Schweiz: Es gibt kein Zurück in die Heimat mehr. Ab jetzt ist das Leben Exil.

Und die im Reich Gefangenen? Kessler schreibt am 1. April 1933 in Paris:

> Sonnabend. Der abscheuliche Juden-Boykott im Reich. Dieser verbrecherische Wahnsinn hat alles vernichtet, was in vierzehn Jahren an Vertrauen und Ansehen für Deutschland wiedergewonnen worden war.

Sonntagsausflug verboten

Es gibt eine historische Situation, in der dem Tagebuch eine besondere Rolle zuwächst. In Zeiten des Terrors und der Diktatur ist nichts so gefährlich und nichts so unbedingt notwendig wie das Tagebuch. Schon Ernst Jünger hatte in *Strahlungen* geschrieben, im totalen Staat sei das Tagebuch das letzte mögliche Gespräch. Mitunter verhilft es sogar zu später Gerechtigkeit. Wie Hocke überliefert, diente ein verstecktes Miniaturtagebuch als Material zur Anklage gegen den früheren Kommandanten des Konzentrationslagers Fuhlsbüttel bei Hamburg. Der Lübecker Journalist deutsch-jüdischer Herkunft Fritz Solmitz war 1933 in diesem Lager nach grausamen Mißhandlungen angeblich durch Selbstmord umgekommen. Kurz nach seinem Tod wurden der Witwe seine letzten Habseligkeiten ausgehändigt, darunter eine Uhr. Durch Zufall entdeckte sie unter dem Uhrdeckel fünfundzwanzig winzige, engbeschriebene Tagebuchblätter auf Zigarettenpapier. Durch sie kam es 1962 zum Prozeß gegen den SS-Mann und späteren Bataillonskommandeur.

Die in Amsterdam in einem Hinterhaus versteckt lebende Anne Frank, die verraten und nach Auschwitz und später Bergen-Belsen deportiert wurde, wo sie 1945 an

Typhus starb, wurde durch ihre Tagebücher zur Legende: weil der Mensch sich das Schlimme immer nur am Einzelschicksal vorstellen kann und weil dieses Schlimme besonders empfunden wird, wenn es ein fröhliches junges Mädchen trifft.

An zunehmender Klaustrophobie litt auch, wer nicht in einem Hinterhaus eingesperrt war. Ähnlich beklemmend wie die Tagebücher Anne Franks sind die ab 1996 veröffentlichten Tagebücher des jüdischen Romanisten Victor Klemperer, der in Dresden den Alltag des SS-Staates überlebt und minuziös darüber Bericht ablegt. Wieder sind es die Details, die uns die große gräßliche Geschichte atmend, lebend, zuckend anschaulich machen, bevor sie in Begriffen und später in Phrasen sterilisiert wird. Ganz besonders eindringlich ist Klemperer in der bloßen Aufzählung, der nackten Liste der Gemeinheiten, die auf ihn und alle Juden im Reich herabregnen und die als bürokratische Sadismen fast noch mehr empören als öffentliche Vierteilungen. Hier die Liste der Dekrete, die Klemperer im Jahr 1942 unter ständiger Lebensgefahr im Tagebuch niederlegt:

> Neue Verordnungen in judaeos. Der Würger wird immer enger angezogen, die Zermürbung mit immer neuen Schikanen betrieben. Was ist in diesen Jahren alles an Großem und Kleinem zusammengekommen! Und der kleine Nadelstich ist manchmal

quälender als der Keulenschlag. Ich stelle einmal die Verordnungen zusammen: 1) Nach acht oder neun Uhr abends zu Hause sein. Kontrolle! 2) Aus dem eigenen Haus vertrieben. 3) Radioverbot, Telefonverbot. 4) Theater-, Kino-, Konzert-, Museumsverbot. 5) Verbot, Zeitschriften zu abonnieren oder zu kaufen. 6) Verbot zu fahren [...]. 7) Verbot, «Mangelware» zu kaufen. 8) Verbot, Zigarren zu kaufen oder irgendwelche Rauchstoffe. 9) Verbot, Blumen zu kaufen. 10) Entziehung der *Milch*karte. 11) Verbot, zum Barbier zu gehen. 12) Jede Art Handwerker nur nach Antrag bei der Gemeinde bestellbar. 13) Zwangsablieferung von Schreibmaschinen, 14) von Pelzen und Wolldecken, 15) von Fahrrädern – zur Arbeit darf geradelt werden (Sonntagsausflug und Besuch zu Rad verboten), 16) von Liegestühlen, 17) von Hunden, Katzen, Vögeln. 18) Verbot, die Bannmeile Dresdens zu verlassen, 19) den Bahnhof zu betreten, 20) das Ministeriumsufer, die Parks zu betreten, 21) die Bürgerwiese und die Randstraßen des Großen Gartens [...] zu benutzen. Diese letzte Verschärfung seit gestern erst. Auch das Betreten der Markthallen seit vorgestern verboten. 22) Seit dem 19. September der *Judenstern*. 23) Verbot, Vorräte an Eßwaren im Hause zu haben (Gestapo nimmt auch mit, was auf

> Marken gekauft ist.) 24) Verbot der Leihbibliotheken. 25) Durch den Stern sind uns alle Restaurants verschlossen. [...] 26) Keine Kleiderkarte. 27) Keine Fischkarte. 28) Keine Sonderzuteilung wie Kaffee, Schokolade, Obst, Kondensmilch. 29) Die Sondersteuern. 30) Die ständig verengte Freigrenze. Meine zuerst 600, dann 320, jetzt 185 Mark. 31) Einkaufsbeschränkung auf *eine* Stunde (drei bis vier, Sonnabend zwölf bis eins). Ich glaube, diese 31 Punkte sind alles. Sie sind aber alle zusammen gar nichts gegen die ständige Gefahr der Haussuchung, der Mißhandlung, des Gefängnisses, Konzentrationslagers und gewaltsamen Todes. –

Am 27. Februar 1943 notiert ein fünfzehnjähriges Berliner Mädchen, Brigitte Eicke, Kriegshalbwaise und Tochter eines Schweinetreibers aus dem Prenzlauer Berg, in ihr Tagebuch in Kurzschrift:

> Mit Waltraud bin ich heute Abend in die Volksoper gegangen. Es war eine schaurige Oper ‹Die vier Grobiane›. So ein Quatsch, ein richtig albernes Stück. Am Alex in der U-Bahn haben uns noch drei Soldaten angesprochen. Wir hatten kein Interesse mitzugehen. Es werden überall die Juden abgeholt. Bei uns gegenüber der Schneider auch.

Pepys' grüne Brille

Nun entsteht nicht jedes Tagebuch in historisch dramatischer Zeit, und nicht jeder, der eines führte, war Seefahrer, Pionier, Marschall am Königshof oder als Verfolgter täglich vom Tode bedroht. Warum lesen wir auch diese anderen Tagebücher gern? Eine Antwort gibt uns Kempowski – natürlich wieder im Tagebuch.

> Weiter in den Tagebüchern von Pepys. Der Vormarsch der Türken in Ungarn, die Pest in London. Ich las die ganze Nacht. Die Alltäglichkeiten sind es, die diese Aufzeichnungen so interessant machen. «Kaufte mir heute eine grüne Brille.» *Das* ist es. Das macht unser Leben aus.

Wie war das damals, und wie war es anderswo? Diese Frage beantworten Tagebücher, indem sie das einzig wahre Leben zeigen, das immer das Leben des Alltags ist. Romane verdichten, und in historischen Wälzern taucht Pepys' grüne Brille nicht auf. Tagebücher zeigen uns das Leben, wie es zu allen Zeiten dahinströmte und vor allem unwichtige Kiesel und Bröckchen mit sich führt, auch wenn die Zeitläufte es immer wieder über schroffe Klippen zwang. Tagebücher bieten das, was heute das Internet bietet:

unsortierte und unzensierte, wild blühende und wild wuchernde Information; Gerüchte, die nie den Weg zum Druck finden, kuriose Details und abseitige Aperçus. Was in den Zeitungen steht, passiert viele redaktionelle Filter. Was im Tagebuch oder im Internet-Blog steht, keinen einzigen. Es ist darum viel Katzengold unter dem, was glänzt, aber gerade das macht seinen leicht schmutzigen Reiz.

Gefällt mir – gefällt mir nicht

Internet-Blog – da ist uns das Wort schon herausgerutscht. Richtig, wir leben in der zweiten Dekade des 21. Jahrhunderts. Und manche Leserin, mancher Leser wird sich schon im stillen gefragt haben, ob der Verfasser die Moderne verschlafen hat. Tagebücher, auf Papier gedruckte, von Autoren! Das macht doch heute kaum ein Promill der wahren Tagebuchproduktion aus. Das, was früher das liebe Tagebuch war, ist heute für Millionen Menschen ihr tägliches Facebook. Die viele Milliarden schwere Plattform ist nichts anderes als ein gut organisierter Austausch von Tages-Partikeln, die man früher seinem Tagebuch anvertraut hätte und jetzt seinen Freunden öffentlich macht – oder was eben bei Facebook so «Freunde» heißt. Und macht man sie wirklich nur Freunden öffentlich? Nein, man macht sie überhaupt öffentlich – und niemand weiß genau, wer alles mitlesen und mitgucken kann; das heißt, seit dem Juni 2013 weiß man es nur allzu genau. Ein Tagebuch, an die Chinesische Mauer gehängt – das ist das historisch Neue an Facebook.

In einem historisch unbekannten Grad hat sich die jüngere Generation daran gewöhnt, Privates, wenn nicht Intimes nicht mehr für sich zu behalten, sondern mitzuteilen und zu «sharen» – wie es in der Facebook-Sprache heißt. Das Tagebuch bedeutete Zwiesprache mit sich selbst. Facebook ist das genaue Gegenteil. Es kann ein Mittel sein, sich in der Zerstreuung und im ständigen Schein-Kontakt mit anderen von sich abzulenken. Von Erziehern hört man, daß gerade die Kinder, die keine Freunde haben, am tiefsten in der Facebook-Welt abtauchen. Daß auf die virtuellen Freunde, die sie dort finden, nicht immer Verlaß ist, wenn die wirklichen Flammen hochschlagen – diese schmerzhafte Erfahrung steht ihnen noch bevor. Es steht ihnen vielleicht auch bevor, später bei einem Bewerbungsgespräch peinliche Photos gezeigt zu bekommen, die sie in beschwipster Laune vor Jahren gepostet hatten. In den USA wird bei manchen Bewerbungen schon nach dem Facebook-Paßwort gefragt. Wer nichts zu verbergen hat, wird sich doch nicht so zieren? Einem Soldat aus Südkalifornien, der sich auf Facebook kritisch gegen den Präsidenten geäußert hatte, drohte die unehrenhafte Entlassung aus der Armee. So wächst und wuchert mit Facebook etwas heran, was ein feuchter Traum für Scientologen sein müßte: alle Mitglieder unter Kontrolle. Und dabei alles ganz freiwillig.

Mit dem Charakter des meditativen Tagebuchs hat diese Form der Selbstentäußerung fast nichts mehr gemein. Wenn man sich unter Facebook-Benutzern umhört – etwa in der eigenen Familie bei der Tochter –, stößt man allerdings auch auf Spott über die allzu exhibitionistischen Freunde. Die pragmatischen Benutzer sehen Facebook nicht als Tagebuchersatz, sondern als schnellen Terminplaner. Man wird daran erinnert, wer wann Geburtstag hat, man kann sich zügig mit drei anderen verabreden; man kann sich gegenseitig auf die neuesten Flashmob-Videos hinweisen. Der Walforscher aus Hawaii, den man auf einer Kreuzfahrt kennengelernt hat, kann einen Signalstrahl ausstoßen. Das Goethe-Institut in Georgien kann uns in seine Pläne einweihen. Was immer politisch Skandal macht, zieht komische Cartoonisten an. (Photo: Der amerikanische Präsident, umringt von fähnchenschwingenden Kindern, ein Mädchen blickt zu ihm auf, Sprechblase: «Mein Vater sagt, Sie können in meinen Computer gucken». Sprechblase Obama, in kleinerer Schrift flüsternd: «Das ist nicht dein Vater» …)

Aber dann gibt es noch die vielen anderen! Der Pegelstand deines Welt- und Lebensgefühls hat sich in der letzten Viertelstunde um sieben Gradstriche verändert? *Post*. Deine Katze hat *so* süß am Milchnapf genascht? Photo und *Post*. Alles scheint mitteilenswert, und alles wird mitgeteilt. Und allem zugrunde liegt die Gier nach den *Like*-Klicks, nach dem virtuellen Schulterklopfen «Gefällt mir!», das gerade dem nicht selbstsicher im Leben Stehenden für einen kurzen Moment Bestätigung gibt. Und wie viele Jugendliche stünden schon selbstsicher im Leben?

Ob aber pragmatisch genutzt oder exhibitionistisch, die Folgen der Facebook-Pandemie sind nicht zu übersehen. So wie man nicht mehr in der S-Bahn oder im Intercity fahren kann, ohne übers erzwungene Handy-Mithören über die Reisepläne, Gerichtsverhandlungen oder Seitensprünge der Mitreisenden unterrichtet zu werden, so kann man nicht bei Facebook aufschlagen, ohne von den Tageströpfchen der befreundeten *Poster* bespritzt zu werden. Und das ist nur eine von etlichen historischen Neuerungen, die von Facebook ausgehen. Wenn man sich ansieht, was die User vor allem posten – pardon, aber allein die Sprache ist eine Pestilenz für sich –, dann stößt man auf Überraschendes. Es ist nämlich weniger Text als Bild, was da versendet wird. Die wenigsten Einträge bei Facebook sind reine Schriftbeiträge. Das Geschriebene dient vorwiegend als Bildunterzeile. Und selbst im Geschriebenen beginnt das Piktogramm an der Vormacht des Alphabets zu knabbern. Ein ☺ ersetzt anderthalb Worte.

Es ist heute noch gar nicht auszumachen, was diese sich auf Katzenpfötchen einschleichende Ent-Alphabetisierung für die Zukunft der heranwachsenden Generation bedeutet. Wie viele der Autoren, die zum Beispiel hier zu Wort gebeten wurden, wird sie noch lesen wollen? Andererseits ist diese Frage oder Klage so alt wie die schreibende Menschheit selbst. Wahrscheinlich bleibt der Anteil der echten Leser klein, aber stabil. Die dritte Wurzel aus P, der Bevölkerungszahl – das war die Formel, die Arno Schmidt einmal vorschlug –, mindestens so viele wird es als verschworenes Grüppchen immer geben, daran ändern auch die neuen Medien nichts.

Was dagegen im Verschwinden begriffen ist oder sich schon weitgehend verabschiedet hat, ist die handschriftliche Form des Tagebuchs, sobald es elektronische Formen annimmt. Der Blogbeitrag wird direkt in die Tastatur getippt. In den Eintragungen früherer Jahrhunderte war dem Duktus noch zu entnehmen, in welcher Verfassung der Diarist war. War die Schrift ausladend schwungvoll, depressiv geduckt, fahrig gehetzt? Beim getippten Text fallen diese Informationen weg. Überhaupt fällt all der Reiz weg, der in der Handschrift liegt. In dem voluminösen Prachtband *Das Buch der Tagebücher* von Rainer Wieland sind zu jedem Monatsbeginn solche Handschriften faksimiliert – die letzte Tagebuchseite von Robert Scott mit dem Eintrag: «the end cannot be far»; eine Seite

Kafkas, die Handschrift so schwer zu beschreiben wie unverwechselbar; Goethe, kalligraphisch Lasso werfend; eine Seite mit der Shelton-Kurzschrift von Samuel Pepys, die von ferne aussieht wie ein Blatt von Paul Klee; die filigrane Kartenskizze des Orinoco von Alexander von Humboldt, französisch annotiert; Harry Graf Kesslers Schrift wie fein schraffierter Regen; Victor Klemperer, kein Fitzelchen Papier verschwendend, die Aufzählung des Schikanenhagels so eng und dicht gedrängt wie dieser selbst; Charles Darwin mit dem bescheidenen «I think» über der Skizze des Evolutionsbaumes, der die Entstehung der Arten illustriert; Kempowski am 9.11.1989 in lehrerhaft lesbarer Schrift: «Mitternacht. An den Grenzübergängen stauen sich Tausende von DDR-Leuten, die rüber wollen, die Grenzen sind geöffnet worden. Die Polizei dort weiß nicht, wie sie sich verhalten soll. – Die Mauer könnte also fallen.»

Das alles in der Handschrift und nicht nur gedruckt zu sehen, hat einen fast nostalgischen, um nicht zu sagen (sorry, Susan): auratischen Charme. Den durch seinen hohen piktoralen Anteil in vertrackter Weise wiederum auch Facebook bedient.

Die Grundlage ist digital. Die physikalische Bedingung des Facebook-Erfolgs und seiner fulminanten Durchschlagskraft ist die Lichtgeschwindigkeit, mit der sich das Gepostete ausbreitet. Was 2004 als Studentenulk begonnen hatte (und damals noch als *The Facebook* den Artikel trug), hat nicht nur seinen Erfinder Mark Zuckerberg zum vielfachen Milliardär gemacht. Es hat inzwischen das Potential, Throne bersten und Reiche zittern zu lassen. Dies ist die gewaltigste Umwälzung, die von Facebook ausgeht. Daß eine Demonstration, viele Demonstrationen und am Ende eine Revolution leichter über Facebook als mit Brieftauben ins Werk zu setzen ist, hat die *Arabellion* gezeigt und die Protestbewegung in der Türkei bestätigt. Erdogan setzte die Falschmeldung in die Welt, Facebook habe der Regierung die Daten der Nutzer weitergegeben, die über den Protest berichteten. Hoffentlich war es eine Falschmeldung.

Diese Bedeutung der sozialen Netzwerke für spontane Schwarm-Organisation ist etwas Neues in der Geschichte. Die autoritären Regimes verwenden viel Mühe (und westliche Technologie) darauf, die freien Netzwerke zu überwachen, zu zensieren oder zu kappen. Die angelsächsischen, wie sich mit *Prism* und *Tempora* zeigt, nicht weniger. Und Facebook hatte, auch wenn man seine Bedeutung nicht überschätzen soll, für viele Opfer zumindest therapeutischen Wert. Eine Ägypterin, die gefoltert worden war und auf Facebook darüber berichtete, schrieb später, sie fühle sich erstmals als Mensch, weil sie ihre Meinung habe äußern können. Facebook sei ein Werkzeug gewesen, sich aus der Unmündigkeit zu befreien. Das ist nicht wenig; es ist sogar sehr viel. Wo immer sie in der wirklichen Welt hilft, wirkliches Leid zu lindern, ist Zuckerbergs Riesenmaschine ihr Gewicht in Tetrabyte wert.

Facebook hat noch eine weitere historische Neuerung durchgesetzt. Seit der umstrittenen Systemumstellung auf das Modell *LifeLine* erscheint ein Gebilde am Horizont, das man als Lebenstagebuch bezeichnen kann. Entlang einer chronologischen Achse werden alle Meldungen und Bilder jedes Teilnehmers gesammelt und für alle Zeiten verwahrt – möglichst von der Wiege bis zur Bahre. Der gute Henri-Frédéric Amiel wäre erbleicht. Dagegen ist sein Textmassiv bescheiden. Wer will und fleißig postet, kann bei Facebook sein ganzes Leben dokumentieren. In dieser Hinsicht ist Facebook das Meta-Tagebuch, das alle andern überflüssig macht. Freilich mit einem entscheidenden Unterschied: Das wirklich Geheime wird man ihm am Ende doch nicht anvertrauen – spätestens seit Ed Snowdens Coup wäre man denn schon sträflich naiv.

Tolle Sauerei, der Frühling

Der erste deutsche Autor, der sein Tagebuch mit großem Erfolg als Blog ins Netz gestellt hatte, war der 1954 geborene Rainald Goetz, der seitdem eine wachsende Schar von Verehrern oder Followers im Schlepptau führt. Wie schreibt Goetz, wenn er bloggt? Oft so, wie wir unsere Kinder erfolglos anflehen, nicht zu sprechen. Daß Goetz dabei viel schrägen Witz entwickelt, sei ihm nicht bestritten. Und bei allem Techno blüht im *Abfall für alle* hier und da sogar Goldlack auf – entzückende Miniaturen über die Natur.

> Donnerstag, 19.3.98, Berlin
> Großes Elsterkonzert, draußen im Baumwipfel vor dem Fenster. Noch sind die Stecken der Äste oben ganz nackig, vorne die kleinen schwellenden Kügelchen der Knospendinger. Immer eine tolle Sauerei, der Frühling. Die Vögel sind plötzlich zu viert, hupfen und tanzen da umeinander rum, mit ihren langen schwarzblau-metallic lackierten Schwänzen wie lässige Proll-BMWs.

Noch ist Goetz sich unklar darüber, um welchen Baum es sich handelt. Das Rätsel klärt sich drei Wochen später.

> Dienstag, 7. 4. 98, Berlin
> Es regnet. Der Baum vor dem Fenster: also eine Kastanie. Wie kleine lahme Beinchen hängen die einzelnen Blätter aus jeder ehemaligen Knospe jetzt raus, ganz hilflos, nach unten. Und in drei Minuten geht der Terror mit den KERZEN los. Seltsamer Baum.

Und ein sympathisch seltsamer Autor. Übrigens liest auch Goetz gerne fremde Tagebücher:

> Ostermontag, 13. 4. 98, Berlin
> 1223. Die letzte Woche kam mir irgendwie zu lange vor. Zusätzlich verwirrend: die Stille dieses feiertäglichen Montags. Das große Geheimnis: die Balance halten, wie? Ich habe in München ein Tagebuch von Dali, voll mit dem ganzen bekannten, überdrehten Dali Irrsinn. Nur zwischendurch mal, ein ganzes Jahr lang: nichts. Schweigen. Kein Wort. Keine Zeile. Nur die Jahreszahl. Finster.

Die logische Folge: «Kein Wort. Keine Zeile» würde ein Lektor ankringeln. Aber gedankliche Unschärfen unterlaufen beim Tagesgebet wohl jedem. Immerhin ist es schon elf Uhr abends, als Goetz einen sehr elementaren Denkfehler begeht.

> Montag, 16. 3. 98, Berlin […] 2301. Beim Blättern in der Zeitung, da ist die Seite mit den Todesanzeigen. Mal kucken, ob ich schon tot bin. Das war aber kein Witz, sondern ein völlig ernst gemeinter Gedanke, ganz kurz. Dann kam er mir ein bißchen komisch vor.

Überhaupt nicht komisch, sondern tiefernst und finster ist dieser Gedanke bei einem anderen, dem mit großem Abstand beeindruckendsten Blog überhaupt: Wolfgang Herrndorfs *Arbeit und Struktur*. «Messieurs, wir erheben uns von den Plätzen!» hätte Arno Schmidt gesagt. Aber das wäre genau Herrndorfs Sache nicht.

Schwarzes Quadrat auf schwarzem Grund

Seit bei dem Autor im Frühjahr 2010 ein bösartiger Hirntumor festgestellt wurde, kämpft Wolfgang Herrndorf, der Autor des großen Jugendromans *Tschick* und des grandiosen schwarzen Monolithen *Sand*, gegen die immer schneller verrinnende Zeit. – Klischee: Sie verrinnt weder schneller noch langsamer, sie wird nur knapp. Wieder Klischee: Zeit ist kein Reissack, aus dem es herausrieselt und der irgendwann leer ist. Aber was ist sie dann? Herrndorf hat sich auch darüber Gedanken gemacht.

> 20. 8. 2010 16:20
>
> [...] Meine derzeitige Ansicht ist (und ich kann sie logisch nicht begründen, ich befinde mich für mich selbst überraschend jetzt auch außerhalb der Klapse auf einer religiösen «Ich fühle aber so»-Argumentationslinie), daß der winzige Bruchteil der Sekunde, in dem ich zwischen Vergangenheit und Zukunft zu Bewußtsein komme, im Vergleich zur Unendlichkeit dieses Universums auf ein Nichts zusammenschrumpft, auf mathematisch Null. Ein Wimpernschlag, und der Wimpernschlag ist vergangen. Ein Wimpernschlag, und 12,5 Milliarden Jahre sind vergangen. Was sich ändert, existiert nicht. In meinen Momenten der Hypomanie sehe ich noch immer im Zeitraffer die Sonne sich aufblähen und unser Weltall plastisch auseinanderfliegen. Ich bitte trotzdem, mich nicht wieder einzuweisen.

Die Krankheit hatte dazu geführt, daß sich Herrndorf wegen einer Psychose selbst in die Klinik hatte einweisen lassen (in einem Pinguinkostüm, das gerade im Badezimmer herumlag). Er hatte geglaubt, die Weltformel gefunden zu haben. Was er damals vom Wesen der Zeit erkannt hat, verwischt sich auch nicht, als der Wahn abgeklungen ist.

23. 4. 2010 13:01

Das Wesen der Zeit mag unerfindlich sein, und was ich über Präsentismus, Blockzeit und Possibilismus auf Wikipedia nachlesen kann, verstehe ich bestenfalls als Konzept. Aber in meinen täglichen und nächtlichen Gedanken gewinnt die Vorstellung der Unendlichkeit und des Nichts, zu dem unsere Existenz ihr gegenüber zusammenschrumpft, so sehr an Plastizität, daß ich manchmal glaube, alles verstanden zu haben. Alles verstanden zu haben. Die Gewißheit kommt schlaglichtartig und ist nicht so hundertprozentig wie in den Momenten der größten Verrücktheit. Aber irgendwas ist hängengeblieben. Gestern beim Fahrrad Reparieren alle zwei Minuten eine Erleuchtung.

In seinem Blog, den er seit dem März 2010 monatlich einstellt, gibt Herrndorf nach neun Lieferungen die Rückblende darauf, wie alles begann. Kopfschmerzen, Taumel, Fehldiagnose Sinusitis, wieder Kopfschmerzen, Wahrnehmungsverlust, 110, «dann an der Schulter des Sanitäters vier Treppen runter».

Im Krankenhaus wird ein CT gemacht, und ich liege im Bett, als Dr. S. kommt und mir das CT zeigt und von einer Raumforderung spricht. Ich frage, ob wir das Wort nicht besser durch Tumor ersetzen wollen, aber er bleibt, wie auch die anderen Ärzte in den folgenden Tagen und Krankenhäusern, lieber bei Raumforderung. Ich strecke meine Hand wortlos nach hinten, er ergreift sie und drückt sie einige Sekunden.

[...]

Die Histologie verschiebt sich immer weiter, am 25.2. ist es soweit: Prof. Moskopp erklärt, es sei ein Glioblastom. Das ist etwas Gehirneigenes, das bildet keine großen Metastasen, wächst nur sehr schnell, läßt sich nicht endgültig bekämpfen und ist zu hundert Prozent tödlich.

13.3.2010 11:00

Gib mir ein Jahr, Herrgott, an den ich nicht glaube, und ich werde fertig mit allem. (geweint)

24.3.2010 18:49

[...] Laut Apogenix-Website überleben weniger als 30 % der Glioblastome das erste Jahr.

Bisher waren es immer siebzig. Dreißig, siebzig, whatever: Old Karnofsky und ich fahren eh mit dem Taxi.

30. 3. 2010 13:09

Sechs Kohlenstoff, sechs Wasserstoff, sechs Stickstoff, zwei Sauerstoff zu zwei Ringen gebogen: Temozolomid. Fünf Tabletten 1189,17 Euro. Danke, AOK.

Im Ernst: Ich weiß nicht, wie das Gesundheitssystem ausgesehen hat, bevor alle anfingen, sich zu beschweren, wie sehr runtergerockt es nun sei, aber was dieses System schon in die Errettung und Erhaltung einer flackernden Kerze investiert hat, die sich um das Bruttosozialprodukt dieses Landes bisher auch noch nicht so verdient gemacht hatte: erstaunlich. Danke Staat, danke Gesellschaft, danke AOK, danke, danke.

11. 5. 2010 17:32

Der ungeheure Trost, der darin besteht, über das Weltall zu schreiben. [...] Warum ist der Anblick des Sternenhimmels so beruhigend? Und ich brauche nicht einmal den Anblick. Vorstellung und Beschreibung reichen. Als ich noch auf der Kunstakademie war, war das immer mein Einwand gegen die Abstraktion: Der Himmel. Leider war ich mit dieser Meinung ganz allein.

Gibt es in der Wissenschaft eigentlich Denkmodelle, die versuchen, die ungreifbare, nur an Sekundärphänomenen wie Veränderung und Bewegung meßbare und anstößige Größe der Zeit aus der Physik herauszurechnen?

21. 9. 2010 12:35

[…] Für anschließend zwei Pläne: Wenn kein Tumorwachstum, setz ich mich an den Wüstenroman und hau ihn bis zum nächsten MRT zusammen. Im andern Fall: werf ich ihn weg und verleg mich aufs Blog. Was schade wäre. Korrekturleser meinten, es wäre das Beste, was ich bisher geschrieben habe. […]

21. 9. 2010 13:11

Warten auf den Befund bei Dr. Vier. Ich kann ihm zur Begrüßung nicht ins Gesicht sehen. Setze mich in den Stuhl und warte, bis er den ersten Satz sagt. Es folgt: Der Wüstenroman.

22. 9. 2010 23:55

Nach einem Tag Gleichgültigkeit kommt der Gefühlsausbruch doch noch. Wir sitzen gerade im Prater, und ich muß mit Kathrin vor die Tür. […] Immer die gleichen drei Dinge, die mir den Stecker ziehen: Die Freundlichkeit der Welt, die Schönheit der Natur, kleine Kinder.

Entgegen den ersten Befürchtungen und statistischen Mittelwerten hat Herrndorf nicht nur seinen Blog mittlerweile neununddreißig Mal ins Netz gestellt. Er hat davor auch den Roman *Sand* beendet, für den er viele Hymnen und den Preis der Leipziger Buchmesse bekam, und er schreibt an *Isa*, einer Fortsetzung von *Tschick*. Bei aller Hochschätzung für diese Romane – sein Blog *Arbeit und Struktur* steht ihnen an literarischem Rang nicht nach. Es gibt in der Geschichte des Tagebuchs nichts, was ihm gleichkäme an Takt, Wärme, dunklem Witz, Sarkasmus und stillem Grauen.

6. 2. 2013 5:50

Der Sonnenaufgang verschiebt sich immer weiter in die Nacht. Ich muß jeden Tag früher aufstehen, um mit einem Tee in der Hand auf den ersten Lichtstrahl am dunklen Himmel zu starren. Ich will im Winter sterben. Das haben die letzten Sommer gezeigt, im Sommer geht es nicht. Im Winter ist es leicht.

7. 2. 2013 18:18

Unter der Brücke loht ein haushohes Feuer, wahrscheinlich die Baustelle. Sattes Orange, vom warmen Blaulicht bedrängt und gelöscht, Naturalismus, frühes 19. Jh., Turner vielleicht, dann schwarzes Quadrat auf schwarzem Grund.

11. 2. 2013 17:00

Ein dünner epileptischer Firnis überzieht meine Tage, immerzu Stimmen.
Und Selbstmord doch nicht so schwierig, wie ich lange dachte. Es reicht, die Föhrer Straße bei Grün zu überqueren. Weder Linksabbieger noch Geradeausfahrer erkennen in den verschieden bunten Lichtern etwas anderes als einen unverbindlichen Vorschlag der Behörden.

25. 3. 2013 15:50

Ein großer Spaß, dieses Sterben. Nur das Warten nervt.

28. 3. 2013 9:40

Das Fax liegt vor Dr. Vier auf dem Tisch. Der Gesichtsausdruck meldet sofort: keine Katastrophe. Das Avastin wirkt. [...]
Eine Prognose gibt es nicht, eine allgemeine Statistik auch nicht mehr. Nach drei OPs, zwei Bestrahlungen, drei verschiedenen Chemos ist man seine eigene Statistik.
Vor drei Jahren noch war ich ein winziger Punkt in einer Punktwolke, reine Mathematik, kein Individuum, das hatte mir gefallen. Jetzt weiß ich nicht mehr. Keiner weiß.

In seinem jüngsten, dem 39. Eintrag von *Arbeit und Struktur*, erwägt Herrndorf, ob er seinen Blog einstellen soll. Was immer die Zukunft bringt, seine Leidenschronik wird den Weg zum Buch finden und künftige Generationen lehren, was Stoizismus sei.

Das Kopfkissenbuch

«Vielleicht», heißt es einmal beim Nicht-Diaristen Robert Musil, «wird man eines Tages nur noch Tagebücher schreiben, weil man alles andere unerträglich findet.» Was könnte Musil gemeint haben? Man glaubt es zu verstehen, wenn man Herrndorfs Blog gelesen hat. Man versteht sogar das etwas schrille Manifest *Reality Hunger*, das im Jahr von Herrndorfs Diagnose erschien. Es ist ein Buch, das sich fast vollständig mit Zitaten panzert, hinter denen aber ein kleines Herz persönlicher Wahrheit pocht. Schreiben heiße, den eigenen Körper aufs Ziel zu schleudern, nachdem alle Pfeile abgeschossen sind – so der Manifest-Verfasser David Shields. Ein anderes Bild, das er gegen die traditionelle *fiction* ins Feld führt:

> *Making up a story or characters feels like driving a car in a clown suit.*

Hmm. Ist das richtig? Leider ist *irgend* etwas daran nicht ganz falsch. Vielleicht liest man Tagebücher auch aus einem gewissen Verdruß an der Fiktion? Hier sitzt niemand im Clownskostüm am Steuer; hier ist das wirkliche Leben, nicht bloß ausgedachtes, hier herrscht farbiger Alltag, wie auch der Künstler ihn hat, hier sind wirkliche, liebende, leidende, eifersüchtige, verzweifelte, an Krebs sterbende Menschen. Hier wird keine Form oder Konvention bedient, hier wird nichts retouchiert und künstlich zurechtgelegt. Reich-Ranicki erinnert sich, im Warschauer Ghetto habe er nicht mehr gelesen, nur noch Musik gehört. Was soll einem, wenn es ernst wird, der erfundene Quark?

Nun war es die Literatur, die Reich-Ranicki später das Leben rettete, als er dem polnischen Paar, das ihn und seine Frau zunehmend unwillig versteckt hielt, die Zeit mit Nacherzählungen der Klassiker vertrieb. Und es liegt auf der Hand, daß die großen Autoren es gerade deswegen sind, weil uns ihre erfundenen Figuren wie reale und eben nicht wie Clowns berühren. Als Charles Dickens im Hafen von New York eintraf, wurde er von einer Traube von Lesern bedrängt und nach dem Schicksal von Klein Nell ausgequetscht. Welchen Bach von Kindertränen hat der Tod Bambis ausgelöst! Und nicht nur Kinder trauern um Phantasiefiguren. Die größte Tragödie im Leben Oscar Wildes war, nach seinem bekannten Wort, der Tod des Lucien de Rubempré.

Was schön gesagt war, aber natürlich nicht stimmt. Die größte Tragödie in seinem Leben war nicht der Tod einer Balzac-Figur, sondern seine Verurteilung wegen Unzucht zu zweijähriger Zwangsarbeit. Die romanesken Schmerzen sind kleiner als die wirklichen, und Druckerschwärze ist am Ende doch dünner als Blut.

Darum ist der Vertrag, den der Autor mit dem Leser schließt – wenn er ihn denn, und sei's post mortem, mitlesen läßt –, beim Tagebuch ein anderer als bei einem Werk der Fiktion. Wenn eine freiwillige Abtreibung zu einer tragischen Fehlgeburt umstilisiert wird, dann wird dieser Vertrag gebrochen. Von Ernst Jünger weiß man inzwischen, daß er am 27. Mai 1944 eben nicht auf dem hohen Dache des Hotels Raphael bei Sonnenuntergang ein Glas Burgunder hielt, in dem Erdbeeren schwammen, als ein deutsches Geschwader die Stadt angriff, die mit ihren roten Türmen und Kuppeln einem Blütenkelche glich, «der zu tödlicher Befruchtung überflogen wird». Den Luftangriff bei Sonnenuntergang hatte es nicht gegeben. *Tant pis* für den Kitschier der *Strahlungen*.

Der dafür später selbst einmal Opfer einer Täuschung wurde. 1982 rief der Publizist und Stimmenimitator Hans Tomayer bei Ernst Jünger an und gab sich als Luis Trenker aus. Das Gespräch wurde anschließend in der Monatszeitschrift *Konkret* veröffentlicht. Wer davon nichts mitbekommen hatte, war der Tagebuchschreiber Jünger, der im dritten Band von *Siebzig verweht* einen «Anruf von Luis Trenker (‹Berge in Flammen›)» festhält, «der etwas mit mir ‹zusammen machen› will». Höhere Gerechtigkeit, wie man gerade mit Blick auf den Tiroler Bergsteiger sagen darf.

Daß die Dichter viel lügen, wissen wir seit Plato. Wer im Tagebuch lügt, lügt doppelt. Wenn wir erführen, daß Helmut Krausser nie in Südfrankreich war und nie ein Piktogramm über das Verbot, Herzen in den Fels zu ritzen, gesehen hat, wären wir verstimmt. Wenn herauskäme, daß Elizabeth Taylor nie im Stehen gejoggt hat, wären wir – und potentiell zehn Millionen Zaungäste – enttäuscht.

Das Tagebuch soll uns durch seine Form etwas garantieren, was keine andere literarische Form leisten kann noch will. Es soll, soweit dies überhaupt möglich ist und nicht schon die Niederschrift verzerrt – was sie natürlich tut –, echt sein und unverstellt. Das hat zur Folge, daß sich sein Verfasser nicht ins beste Licht rücken darf. Manchmal fragten ihn gutmeinende Menschen, schreibt Helmut Krausser, ob ihm denn nicht bewußt sei, daß dieser oder jener selbstbeweihräuchernde Text aus seinen Tagebüchern zu Spott und Häme geradezu einlade? Wer so etwas frage, habe nichts verstanden. Natürlich sei ihm bewußt, wie er bescheidener oder sympathischer wirken könne, aber die Sache sei doch so: Häme und Spott gingen ihn bald nichts mehr an, spätestens, wenn er tot sei.

«Ein Tagebuchautor darf sich nicht um so etwas kümmern, er muß sich nur fragen: *Ist das, was da steht, wahr?*»

Wenn das, was da steht, wahr im Sinne der subjektiven Wahrhaftigkeit ist – was bedeutet, daß auch der Uruguayer die Wahrheit sagt, wenn er nach der Unterredung mit Charles Darwin einfließen lässt, die Kämme der Damen in Buenos Aires seien bekanntlich weltweit die größten (und vielleicht waren sie es ja auch?) –, wenn also das für wahr Gehaltene darin aufscheint, dann hat das Tagebuch seine unter den literarischen Gattungen einzigartige Funktion erfüllt.

Das eigentliche Studium des Menschen sei der Mensch, wie der Geheimrat wußte. Tagebücher sind die Lehrbücher bei diesem Studium. Und ihr Ziel ist tatsächlich das *Gnōthi sautón* des Apollontempels in Delphi, das «Erkenne dich selbst!». Das Vergnügen beim Lesen von Tagebüchern besteht darin, fremde Temperamente zu erkunden, die zuletzt so fremd gar nicht sind. Der Mensch vergewissert sich nämlich gern, daß es den andern nicht grundsätzlich anders geht. Erstaunlicherweise selbst dann nicht, wenn uns eine Kluft von ihnen trennt. Nehmen wir zum Abschluß das Beispiel der Hofdame Sei Shonagon, die um das Jahr 1000 am Japanischen Kaiserhof lebte. Auf die Nachwelt kam sie durch ihr sogenanntes Kopfkissenbuch. In diesem Tagebuch legte sie 164 Listen an, die Titel tragen wie «Was verwirrend und befremdlich aussieht»

(«Katzenohren von innen») oder «Was glücklich macht» («Wenn jemand, den ich hasse, Pech hat»). Wenn man in diesem Tagebuch aus dieser so fremden Kultur und so fremden Zeit unter der Rubrik «Wobei man sich langweilt» den Eintrag liest: «Besuch im Haus eines Mannes, der bei der letzten Beförderungswelle vergessen wurde», amüsiert man sich so wie bei der Lektüre Samuel Pepys'. Wie wenig der Mensch sich doch geändert hat!

Schadenfreude, Wollust, Neid, Selbstmitleid, das auf höfliches Gähnen stößt – das war den Menschen schon damals nicht fremd. Im Reptilienhirn unserer Gefühle sind wir alle gleich. Tagebücher, wenn sie nicht heucheln, zeigen uns, wie wir als Sündensäcke doch alle Brüder und Schwestern sind. Das ist bis heute ihr pietistischer Kern. «Du bist nicht allein» – das ist die tiefste Botschaft, die uns aus Tagebüchern entgegenschallt.

~

Anmerkungen und Nachweise

Eine schmalere Vorfassung von *Heute bedeckt und kühl* erschien 2012 als Privatdruck der Schweizer Vontobel-Stiftung unter dem Titel *Tagebücher: Warum schreibt man sie? Warum liest man sie?*
Aus Gründen der Vereinheitlichung wurden fast alle «dass» und «floss» etc. stillschweigend zu «daß» und «floß» etc. rückkorrigiert.

Die Motti – Leo Tolstois Vorsatz vom 4. Januar 1906, Richard Burtons Eintrag vom 9. Februar 1973, zit. nach Rainer Wielands *Buch der Tagebücher.*

Samuel Pepys – *Ich dürfte eigentlich nicht mehr erleben, als ich hier festhalten kann* – James Boswells Eintrag vom 17. März 1776 im *Journal.* – *Urin von jungen Hunden* – Pepys am 8. März 1664, vgl. *Tagebuch aus dem London des 17. Jahrhunderts.* – *Hasenpfote oder Terpentin?* – 20. März 1665. – *Kreuzung aus Mensch und Gorilla* – 24. August 1661. – *König ißt Kirschen vom selben Baum* – 7. Juli 1663. – *König kann dem Regen keinen Einhalt gebieten* – 19. Juli 1662. – *König küßt Damen nackt am ganzen Körper* – 16. Oktober 1665. – *König von Spanien pißt nur, wenn man ihm Nachttopf hält* –

11. Juli 1666. – *Amüsierte mich in der Kirche mit Fernglas* – 26. Mai 1667. – *Frauen an Bord vorüberfahrender Schiffe* – 8. April 1660. – *Bohrte im Büro ein Loch in die Wand* – 9. Juli 1662. – *Mais elle ne voulait pas* – 19. Dezember 1664. – *Einer Deutschen, die trotzdem sehr schön ist* – 21. November 1661. – *Mr. Cooke betrunken wie eine Haubitze* – 5. Februar 1665. – *Der wievielte Hochzeitstag?* – 10. Oktober 1666. – *Unterröcke aus Seide, aber wir kauften keinen* – 15. April 1662. – *Sofort den besten gekauft* – 25. Juni 1663. – *Sie ist schon ziemlich schwanger* – 6. Dezember 1664. – *Mit beiden Beinen durch ein Hosenbein gestiegen* – 6. April 1661. – *«Sommernachtstraum» lächerlichstes Zeug* – 29. September 1662. – *Perückenmode nach der Pest* – 3. September 1665. – *Ohne meine Erlaubnis ein Spitzentaschentuch gekauft* – 12. August 1666. – *Bis wir wie die Teufel aussahen* – 14. August 1666.

Schmollwinkel und Blütenlese – *Ein Mann ohne Tagebuch ist, was ein Weib ohne Spiegel* – Vgl. *Das Tagebuch und das Traumbuch,* Anfang des ersten Kapitels. Daraus auch alle folgenden Zitate. – *Mit wem zu plaudern, der einem nicht widersprechen kann* – Arthur Schnitzler am 30. April 1880, zit. nach dem *Buch der Tagebücher.*

Heute zu Tisch mit der Geheimrätin – *Feuer in Apolda* – Goethe am 5. Juli 1779, zit. nach dem *Buch der Tagebücher.* – *Man sollte Goethen aus der Welt schaffen* – Waiblinger am 12. April 1821, zit. nach dem *Buch der Tagebücher.*

Leben wir nur noch ein paar Katasträphchen weiter – Vgl. *Ordentliche Dachstuben-Wahrheit,* S. 52. – *Bei meinem ersten Schrei im hiesigen Staub ersticken* – Ebda., S. 8. – *Hannah Arendts Biographie* – Vgl. *Der Spiegel* 26/1959. – *Unglück,* *eine Jüdin geboren zu sein* – Ebda. – *Oh! Arme Erde!* – *Dachstuben-Wahrheit*, S. 79. – *Uns in dieser Hinsicht ganz nobel befinden* – S. 74. – *Männer und Weiber zwei verschiedene Nationen* – S. 30. – *Ein Buch muß gut sein, und wenn es eine Maus geschrieben hat* – S. 86. – *Ebenso sind unsere tief natürlichsten Wünsche roh* – S. 53. – *Liebesverhältnisse durch Staatsverhältnisse begründet* – S. 94. – *Bei jedem Schritt im Leben etwas anderes von Goethe klar* – S. 92.

Unbeschreibliche Leere ohne Knöbel – *Wollte Gott, es hätten uns alle großen Männer eine Beichte hinterlassen wie Rousseau* – 1817, undat., vgl. *Memorandum meines Lebens*, S. 80. – *Daß meine erste wärmere Neigung einem Manne galt* – 1813, S. 36. – *Ich kann nicht ohne ihn sein* – 1813, S. 42. – *Der Abgrund hat sich mit gräßlicher Tiefe vor mir aufgethan* – 1823, S. 113.

Die Karikatur der Ananas – *Eines der Bücher, die «beißen und stechen»* – Kafka, zit. nach Schnitzlers *Traumtagebuch*, Nachwort S. 448. – *Messer im Blumenstrauß verborgen* – 11. Januar 1857, zit. nach *dem Buch der Tagebücher*. – *«Der Mensch»-Aphorismen* – Vgl. Brendel, S. 41, 18. – *Reckt auch der Frosch seinen Schenkel hin* – Brendel, S. 90. – *Gewitter-Ableiter* – Brendel, S. 91. – *Tannzapfen Karikatur der Ananas* – Brendel, S. 78. *Der Communismus könne momentan siegen* – 18. April 1848, zit. nach *dem Buch der Tagebücher*. – *Daß die Schmerzen mit einander abwechseln* – Brendel, S. 17.

Furchtbares, ja Tötliches kann geschehen – *Man höre so viel von Haussuchungen* – Hebbels Eintrag vom 31. Dezember 1852. – *Furchtbares, ja Tötliches kann geschehen* – Eintrag Thomas Manns vom 30. April 1933. – *Das Gefühl, einer großen, ja* *unaussprechlichen Gefahr entgangen zu sein* – 2. Mai 1933. – *Masse von geheimen* – sehr *geheimen Schriften* – Manns Brief an Grautoff aus München vom 17. Februar 1896. Vgl. *Briefe an Otto Grautoff.* – *Diese etwas unheimliche Frage* – Ihr wird nachgegangen in Maar, *Das Blaubartzimmer.*

«Jessas, den Namen kenn' ich!» – *Warum schreibe ich dies alles?* – Thomas Manns Eintrag vom 25. August 1950.

Eiche der Gelehrsamkeit: Gustav René Hocke – *Keep a journal long enough, and one day it will keep you* – Zit. nach Nicole Seifert, *Von Tagebüchern und Trugbildern*, S. 136. – *Amiels Tagebuch als Trost, Gedächtnis, schmerzstillendes Mittel* – Vgl. Hocke, *Europäische Tagebücher*, S. 24. – *Möbel, das zugleich Schirm, Stock und Sessel sein soll* – Zit. nach Seifert, S. 139.

Rachebäder und Titanismus – *Proust als grand maître en dissimulation* – Eintrag André Gides im Tagebuch vom 1. Oktober 1927. – *Baudelaires Buch des Grolls und der Rachsucht* – Vgl. Hocke, S. 120. – *Plus distingué qu'heureux* – So Sainte-Beuve in seinem «dernier mot sur Benjamin Constant» in der *Revue des Deux Mondes*, 12. Band, 1845.

The Importance of Being Earnest – *Oscar Wilde macht sich über Bashkirtseff lustig* – Vgl. Nicole Seifert, *Von Tagebüchern und Trugbildern*, S. 75. – *Do I ever write for my own eye?* – Virginia Woolf, zit. nach Seifert, S. 72. – *Wer eine Zuhörerschaft vor sich sieht, der fälscht* – Elias Canetti, «Dialog mit dem grausamen Partner», zit. nach Uwe Schultz, *Das Tagebuch und der moderne Autor*, S. 55. – *Seine Kurzschrift, die niemand zu entziffern vermöchte* – Vgl. Canetti, *Das Gewissen der Worte*, S. 65. – *Joseph Epsteins ideales Tagebuch* –

Zit. nach Seifert, S. 79. – *Gombrowicz' Strichjungen vom Bahnhof Zoo* – Vgl. Gerhard Gnaucks Artikel in der *Welt* vom 24. Mai 2013. – *Julien Green über sein Tagebuch* – Vgl. Seifert, S. 132. – *Die Traurigkeit greift eher zur Feder* – Amiel, zit. nach Seifert, S. 133. – *Anaïs Nins angebliche Fehlgeburt* – Vgl. Seifert, S. 66. Alle anderen Details verdanken sich dem prächtigen Artikel Ursula März' «Ein offener Tresor», in: *Leidenschaften. 99 Autorinnen der Weltliteratur.*

Montauk und die Box of Matches – *Dürrenmatt über Frischs Unwahrheiten* – Vgl. das Interview mit André Müller im *Playboy* 1/1981. – *Als mein Apfel wieder mal vom Ascheimer fiel* – Vgl. *Eine Schachtel Streichhölzer*, Kapitel 25. – *Film von Roman Polanski, in dem jemand der Kopf abgeschlagen wird* – Der Kopf von Macbeth aus Polanskis Verfilmung von 1971, der allenfalls verdächtig wäre, poltert keine Treppe hinab, sondern wird aufgespießt. Nicholson Baker gibt an, weder Polanskis noch Aldrichs Film gesehen zu haben, sein Protagonist «must just be having a garbled memory of [an] article that talks about the shot of the head on the stairs». (Private Mitteilung vom 3. Juli 2013.) – *Zugsirene Meister des Pathos* – Kapitel 28. – *Landung auf dem Mond* – Zit. nach dem *Buch der Tagebücher*. – *Masken sind heutzutage an der Tagesordnung* – Eintrag Sylvia Plath' im Tagebuch vom 3. November 1952. Im Original: «Masks are the order of the day – and the least I can do is cultivate the illusion that I am gay, serene, not hollow and afraid.» – *Dieser große, dunkle, wunderbare Kerl* – Eintrag Sylvia Plath' vom 26. Februar 1956, zit. nach der Übersetzung Alissa Walsers. – *Rotes Haarband* – Die in der deutschen Plath-

Ausgabe fehlende Stelle findet sich in den *Journals* auf S. 212.

Zweig, in den Himmel hochschnellend – *Petrarcas Zwiegespräch mit Augustinus* – Vgl. Nicole Seifert, *Von Tagebüchern und Trugbildern*, S. 74. – *Weist das Geschriebene dem Himmel vor* – Henry David Thoreau am 8. Februar 1841, zit. nach dem *Buch der Tagebücher.*

Succubus und Luzifer – *Sammel- und Ordnungszwang* – Schmidts Eintrag vom 17. Oktober 2006. – *Für Kinder noch ein Wunder* – 18. Oktober 2006 – *Wortliste «Bestseller», «urst», «Rowdy»* – 17. Januar 1907. – *Der Stellschieber wird um die Rührwelle geschwenkt* – 6. November 2006. – *Unterschied zwischen «succubus» und «incubus»* – 3. November 2006. – *Kardinal Passionei über das Tagebuch* – Die Quelle dieses Zitates ist im porösen Gedächtnis des Verfassers leider versickert. – *Der Onkel Pierre Lotis auf dem Floß der Medusa* – Vgl. Jean-Yves Tadié, *Marcel Proust*, S. 666.

Die Monroe, splitternackt – *Marilyn im dekolletierten Negligé* – Warhol am 17. Oktober 1984.

Mit Engeln streiten – *Das Ich kein Rätsel* – Susan Sontags Eintrag vom 17. Februar 1970. *Nach der Einschulung in die dritte Klasse versetzt* – Weitere biographische Details vgl. Ursula März, «Antipodin ihrer Selbst», in: *Leidenschaften*. – *Wird ein geliebter Mensch die journals lesen?* – Eintrag vom 7. August 1968. – *Warum sieht sie jünger aus?* – 10. August 1967. – *«Du weißt, wo meine Tagebücher sind»* – Vgl. Susanne Mayer in der *Zeit* vom 18. März 2010. – *One-legged Harold Rosenberg* – 13. August 1978. – *Lange Listen seltener Adjektive* – 1964, undatiert, vgl. *Diaries*, S. 11. – *Fiction-Schreiben eine schmale Tür* – 30. August 1964. – *Schreiben, als würde ihr* *diktiert* – 1. November 1964. – *Emily Dickinson über Kunst* – 17. September 1977. – *Liste der wiederentdeckten Autoren* – 22. November 1964. – *Zarathustra und Benjamins «Aura»: kitsch* – 4. Dezember 1977 und undatiert, vgl. *Diaries*, S. 422. – *Brodskys Kampf mit Engeln* – 19. Juli 1977.

Teuflische Lust, alles zu zerstören – *Teheran Stadt im Irak* – aus der «Chronik 1967–[1970]», in: *Tagebücher 1964–1970*, S. 369. – *Der Umgang mit Unbegabten* – Reimanns Eintrag vom 4. März 1964. – *Prachtvolle Neger* – 4. Oktober 1964. – *Scharfer Twist* – 26. Juli 1964. – *Zähe, notfalls brutale Person* – 3. Juni 1969. – *Susans Lebensgier* – David Rieff im Vorwort von *Tod einer Untröstlichen,* seinem Buch über das Sterben der Mutter. – *So gierig nach Leben* – Reimann am 24. Mai 1965. – *Tränen über Doktor Faustus* – 14. März 1966 – *Als schriebe sie nach Diktat* – 25. Februar 1965. – *Liebe als «wüste Glut», früher hätte man sie verbrannt* – 21. Dezember 1964. – *Teuflische Lust, alles zu zerstören* – 22. Mai 1965. – *Mit dem Messer auf ihn losgegangen* – 11. September 1969. – *Giftnatter und egoistisches Tier* – 11. und 15. Januar 1965. – *Um ihn zu erniedrigen und zu beleidigen* – 14. Januar 1970. – *Wenn in einem solchen Stall Feuer ausbricht* – 4. Juni 1965. – *Freiheit, Gleichheit und Brüderlichkeit: Schmonzes* – 6. Juli 1965.

Mädchen mit überschatteten Wangen – *«Kann ich dir irgendwas Gutes tun, außer tot umzufallen?»* – 1961, undatiert. Vgl. Cheever, *Tagebücher*, S. 218f. – *Chronik einer zerrütteten Ehe* – Wenn Cheever 1959 schreibt: «Ich werde über die Hölle und die Familie nachdenken» (*Tagebücher*, S. 155), kommentiert man unwillkürlich: Spart Zeit. – *Die Mädchen von Skidmore* – 1965, undatiert. Vgl. *Tagebücher*, S. 287.

Gespenst mit verzerrtem Mund – *Ungezählte Tagebücher von Frauen* – Ein Beispiel dafür im Tagebuch Virginia Woolfs: «Wenn ich so über Tagebücher spreche, fällt mir die alte Kate ein [...] & wie sie das Schränkchen aufmachte [...] & dort auf einem Bord ihre Tagebücher vom 1. Januar 1877 ab in einer Reihe standen. Ein paar waren braun; andere rot; alle haargenau gleich. Und ich brachte sie dazu, daß sie etwas daraus vorlas; einen von vielen tausend Tagen, wie Kiesel am Strand: Morgen, Abend, Nachmittag, ohne einen Akzent.» (19. Februar 1923.) – *Vitas mütterliche Zuwendung* – Eintrag vom 21. Dezember 1925. – *Wieder in Ohnmacht gefallen* – 17. August 1932. – *James Joyce ein egozentrischer Internatsschüler* – 6. September 1922. – *Keynes ein vollgefressener Seehund* – 26. September 1920. – *T. S. Eliots lila Puder* – 12. März 1922. Genauer gesagt, ist es ein von Clive Bell übermitteltes Gerücht. – *Zuckungen bei Hymnen über Katherine* – 10. April 1920. – *Froh zu hören, daß K. heruntergemacht wird* – 12. Dezember 1920. – *Eifersüchtig auf ihr Schreiben* – 16. Januar 1923. – *Katherine bietet Virginia ihr Tagebuch an* – 16. Januar 1923. – *Lungentuberkulose* – Mansfields Eintrag vom 21. Juni 1918. – *Eine Rivalin weniger? Katherine als japanische Puppe* – 16. Januar 1923. – *Seit neuestem wieder zu Besuch auf der Erde* – 6. März 1923. – *Wie sie dalag in Fontainebleau* – 17. Oktober 1924. – *Dieses seltsame Gespenst* – 17. Oktober 1924. – *Das Gras rauh wie ein Hundshairücken* – 7. Januar 1920.

Trauerspiel Weckdienst – *Svolvaer* – Reisenotizen 1930, undatiert. Vgl. Benjamin, *Schriften VI*, S. 421. – *Traurigkeit des Silvesterabends* – Undatiert. Vgl. *Schriften VI*, S. 199. – *Eidechsenfang* – «Spanien 1932», in: *Schriften VI*, S. 449. – *Brechts*

Fünftageplan – Eintrag vom 12. Juni 1931, *Schriften VI*, S. 439. – *Sanatorien voll von wahnsinnig gewordenen Henkern* – Kesslers Eintrag vom 2. Dezember 1931. – *Moskauer Weckdienst* – 23. Dezember 1926, *Schriften VI*, S. 324.

Auch du hast Waffen! – *Aus diesem Strohhaufen, der ich seit fünf Monaten bin* – Undatierter Eintrag aus dem Ersten Heft, *Tagebücher*, S. 13–15. – *Nicht sich hündisch umlaufen* – Eintrag vom 9. Dezember 1913. – *Peter von Matts Essay* – Vgl. NZZ vom 28. November 2009. – *Auch Du hast Waffen* – 12. Juni 1923.

Kranke Eulen – *Um eine Waffe beraubt* – Kraussers Eintrag vom 30. April 2004. – *Elke Heidenreichs Raddatz-Kritik* – Vgl. FAZ vom 2. Oktober 2010. – *Abendessen mit Fichte* – Zit. nach *Der Rabe*, Nr. 34, den Raddatz im Tagebuch am 30. September 1992 seinerseits kommentiert: «Richtig interessant ist nur der ‹Rabe› mit z. B. meinen und Rühmkorfs (ganz exzellenten) Tagebuch-Exzerpten. Obwohl: Daß wir uns nun immer alle noch nächtens oder spätestens am nächsten Morgen per Tagebuch aufspießen wie Schmetterlinge und unter dem Glas-Sturz bösartig-lauernder Eitelkeit fixieren – hat ja auch was Komisches.» – *Glasperlen für die Neger* – 12. November 1989. – *Kempowski als kranke Eule* – Eintrag vom 12. April 1989. – *Als sprächen zwei Spiegel miteinander* – Raddatz' Eintrag am 7. April 1991.

Es ist verboten, Herzen in den Fels zu ritzen! – *«Nehme übel» à la Rühmkorf* – Raddatz' Eintrag vom 5. November 1995. – *Photosynthese oder Schlachthof* – Rühmkorf am 27. Januar 1990. – *Wer Tagebuch führt, beginnt sich aufzugeben* – Zit. nach *Der Rabe*, Nr. 34 – *Tränenkrüglein, Rotzlappen* – Rühmkorf am 26. September 1989. – *Niemals wissen, was deine* *letzten Worte sind* – 20. September 1989. – *Rappel-rappel-rappel immer vergnügt* – 7. Dezember 1989. – *Assemblage der Hautcremes* – Vgl. Raddatz' Tagebuchkommentar am 30. September 1995: «DAS ist doch nicht Tagebuch schreiben? Er kann sich ja gerne und meinetwegen kritisch mit Person und Autor FJR beschäftigen, aber doch nicht mit seiner Zahnpasta und seiner Präservativ-Marke?» – *Lichtenbergs Erbschaft* – 24. Juli 1791, zit. nach dem *Buch der Tagebücher*. – *Klagenfurz* – Krausser am 16. August 1995, zit. nach dem *Buch der Tagebücher*. – *Eidechsen in Minimundus* – 28. August 1995, vgl. *Substanz*. – *Herzen in den Felsen ritzen* – 15. September 1996 – *Nostradamus' Sohn* – 15. September 1996. – *Stravinsky ein gepflegter Mensch* – 26. August 1995.

Großer Nödl – *Entwirft neuen Tauchsieder* – Zit. nach Bernd Rauschenbach, *Arno Schmidt & Design*. – *Nur Zungensünden* – Alice Schmidts Eintrag vom 23. Januar 1956. – *Nischt wie Ärger macht das Luder* – 14. Februar 1956. – *Echter Hinterlader* – 15. Februar 1956. – *Packten ihr mitgebrachtes aus* – 6. März 1956. – *Ein widerlicher Geselle, der Michels* – Zit. nach *Der Briefwechsel mit Wilhelm Michels*, Anhang. – *Baräckchen in der Heide* – 1. April 1956. – *Purzel gibt seltsame Töne von sich* – 11. Februar 1956.

Die Kunst des Bogenschießens – *Ehrbare Bekanntschaft mit distinguierter Dame* – Zit. nach FAZ vom 26. April 2013. – *Raubersbuam Eros* – Eintrag vom 23. Oktober 1848, vgl. *Tangenten*. – *Schwerste sexuelle Excesse* – 18. Oktober 1951, zit. nach Schmidt-Dengler, «Ein Überblick», in: *Jederzeit besuchsfähig*. – *Formata und signata* – 21. August 1948. – *Steine des Wort-Denkens* – Zit. nach Mosebach, *Die Kunst* *des Bogenschießens und der Roman.* – *Der Scherben, der ich bin* – Zit. nach Mosebach, *Die Kunst des Bogenschießens.* – *Denken wie der Tiger springt* – 8. Februar 1950. – *Wie Martin Mosebach schreibt* – Vgl. *Die Kunst des Bogenschießens.* – *Erst bricht man Fenster* – Zit. nach Schmidt-Dengler, «Überblick», in: *Jederzeit besuchsfähig.*

Notizen der Philosophen. Sloterdijks Friseur – *Worte wie Haut auf tiefem Wasser* – Wittgensteins Notiz vom 30. Mai 1915. – *Von zwei Klassen zu sagen, sie seien identisch* – Eintragungen vom 5. und 6. September 1914. – *Lektüre-Rückstand von sechstausend Seiten* – Vgl. die *Zeit* vom 27. September 2009. – *Karlsbad ein größerer Schwindel als Lourdes* – Eintrag vom 23. Februar 2009. – *Ruhiggestellte Frauen am Stickrahmen* – 4. Februar 2011. – *Die Verhaftung von Karadzic* – 23. Juli 2008. – *Der in Notwendigkeit eingeschweißte Zufall* – 6. Mai 2010. – *Kulturpessimisten mürrische gate keeper* – 6. April 2012. – *Die Schädelknochen zu früh in der Endposition* – 25. Oktober 2010. – *Gebrauch des rätselhaften Geschenks* – 3. Juni 2008. – *Brutalisierung der Strafgesetzgebung* – 16. Juni 2010. – *Caligula meinte* – 19. März 2009. – *Was zählt, ist das gut Gesagte* – 20. Januar 2011. – *Wie bringen wir die Frauen dazu, ruhigzuhalten?* – 21. Mai 2008. – *Der erste Schurkenstaat der Moderne* – 21. Juni 2008. – *Bunin über Trotzki* – 11. Mai 1919, zit. nach dem *Buch der Tagebücher.* – *Die Auftragsmord-Szene* – 8. April 2001. – *Versager mit viel freier Zeit* – 18. Januar 2011. – *Des Lebens Zittern* – 27. Januar 2011. – *Frank Lloyd Wright als Zeuge vor Gericht* – 14. Mai 2009. – *Die elitäre Glut* – 2. März 2009. – *Daß man sie bei Tag über den Himmel ziehen sieht* – 30. August 2008. – *Unter dem Auge eines großen Anderen* – 17. Januar 2011. – *Es mußte* *wohl jemanden geben, der so aussieht* – 11. November 2008. – *Friseur im Gefängnis* – 14. Mai 2008. – *Wird für den Busfahrer gehalten* – 27. Mai 2010. – *«Gebrauchte Hindernisse»* – 25. Mai 2008. – *Herzweitwurf* – 23. April 2010.

Experiment mit der Zeit – *Das erstere sey erfüllt worden* – Humboldt am 1. April 1798, zit. nach dem *Buch der Tagebücher*. – *Begonnen hatte alles in der Kindheit* – Die folgende Passage hat der Verfasser, der Leser möge es ihm verzeihen, in einem rabiaten Akt von Autoplagiat seiner Nabokov-Studie *Solus Rex* entnommen; es fiel ihm keine bessere ein. – *Der Traumbericht lautet* – Die Übersetzung der folgenden Berichte ist vom Verfasser.

Umklammerte Russen und Babamüll – *Ich schreibe immer die Dinge vorher* – Schnitzlers Eintrag im Tagebuch vom 24. September 1914. – *Dem «kleinen, häßlichen, verfetteten Juden»* – Alma Mahler, zit. nach Oliver Hilmes, *Witwe im Wahn*. – *Dem Teufel, der Leverkühn erscheint* – Vgl. Maar, *Geister und Kunst*. – *Das Bewußtsein der musikalischen Teilhaberschaft* – Manns Eintrag vom 7. Februar 1948. – *Babamüll* – Adorno am 12. Mai 1943.

Halsketten und große Kämme – *Christoph Kolumbus, 12. Oktober, Guanahani* – Zit. nach dem *Buch der Tagebücher*. – *Die Expedition Charles Darwins* – 19. November 1833, vgl. *Buch der Tagebücher*.

Die schwarze Flagge – Alle Scott-Zitate aus dem *Buch der Tagebücher*.

Köpfen, Hängen, Spießen – Alle Zitate nach *Kara Mustafa vor Wien*.

Das Volk klatschte Beifall – *D'Amiens Vierteilung* – Aus dem Kapitel «Das Attentat», in: *Das geheime Tagebuch des*

Herzogs von Croÿ. – *Er sah sehr vergnügt dabei aus* – Vgl. Pepys' Eintrag vom 13. Oktober 1660.

Sarajevo – *Der Herr war Berchtold* – Kesslers Eintrag vom 11. Juni 1933. – *Zu einem großen, begeisterten Körper zusammengeschmolzen* – Vgl. Ernst Jüngers *In Stahlgewittern.*

Jeanne d'Arc des Grenzwalds – Alle Zitate nach dem reichen Artikel Peter Maxwills «Alles ging in Wahnsinn unter», in: *einestages.* Zeitgeschichten auf *Spiegel Online.*

Die Fackel im Fenster des Reichstags – *Hakenkreuzergesellschaft* – Schnitzlers Eintrag vom 25. Juli 1924. – *Der Jude hat frech gelogen* – 2. Dezember 1913. – *Schon wieder ein Aristokrat gefallen* – 19. Mai 1915. – *Ist dieses Land zu retten?* – 14. September 1914. – *Virginia und Leonard Woolf in Berlin* – Am 22. Januar 1929 schreibt Kessler über diesen Besuch im Tagebuch: «eine nicht mehr junge, etwas vertrocknete, etwas dekadent aussehende, ziemlich große Frau, die angenehme Manieren der guten englischen Gesellschaft hat. Leonard Woolf hypernervös, zittert beim Sprechen, klug, geistvoll. – *Förster-Nietzsche schwärmt von Hitlers Augen* – Kesslers Eintrag vom 7. August 1932. – *28. Februar 1933* – Joseph Goebbels Tagebuch-Eintrag: «Wir treffen uns Kaiserhof. Alles strahlt. Das fehlte uns noch. Nun sind wir ganz heraus.» – *Brüning über Goebbels diabolische Klugheit* – Vgl. Kessler, 20. Juli 1935. – *Hitler bauernschlau und gerissen* – 20. Juli 1935. – *Göring Massenmörder* – 20. Juli 1935. – *Keyserling über Hitlers Handschrift* – 6. Juli 1933.

Sonntagsausflug verboten – *Neue Verordnungen in judaeos* – Klemperers Eintrag vom 2. Juni 1942, zit. nach dem *Buch der Tagebücher.* – *Tochter eines Schweinetreibers aus dem Prenzlauer Berg* – Vgl. *Tagesspiegel*, 5. Mai 2013.

Pepys' grüne Brille – *Weiter in den Tagebüchern von Pepys* – 25. Oktober 1983, zit. nach dem *Buch der Tagebücher.*

Gefällt mir – gefällt mir nicht – *Die dritte Wurzel aus P* – So Arno Schmidt im *Spiegel*-Gespräch über *Zettel's Traum.* (Vgl. *Spiegel,* 20.4.1970).

Tolle Sauerei, der Frühling – Alle Zitate aus Goetz, *Abfall für alle.*

Schwarzes Quadrat auf schwarzem Grund – *Den Roman «Sand» beendet* – Vgl. auch Maar, «‹Er hat's mir gestanden›, in: *Merkur* 66 (2012).

Das Kopfkissenbuch – *Eines Tages nur noch Tagebücher schreiben*: Zit. nach *Der Rabe*, Nr. 34. – *Charles Dickens im Hafen von New York* – Vgl. das Dickens-Kapitel in Markus Gassers *Bibliothek der einsamen Insel,* das dem Verfasser im Manuskript vorlag. – *Auf dem hohen Dache des Hotels Raphael* – Germanistische Umdeutungen, nach denen Jünger in dieser Passage eine sexuelle Erfahrung verschlüsselt habe, ändern nichts daran, daß der Leser eines Tagebuchs einen Vertrag mit dem Autor geschlossen hat, in dem solche kryptisch-metaphorischen Spiele nicht vorgesehen sind. Entweder die deutschen Bomber kamen, oder sie kamen nicht, als Jünger abends auf dem Hoteldach saß, egal, wie erotisch konnotiert die Erdbeeren seit dem *Tod in Venedig* sind. – *Rief Hans Tomayer bei Ernst Jünger an* – Vgl. *Konkret* 12/1982. – *Kraussers selbstbeweihräuchernde Texte* – Eintrag vom 30. April 2004. – *Ihr sogenanntes Kopfkissenbuch* – Alle Zitate nach Gunhild Küblers «Die Listen der Hofdame», in: *Leidenschaften.*

Quellen

Nicht hier aufgeführte, aber im Text präsente Autoren werden nach dem von Rainer Wieland herausgegebenen, opulenten und vorbildlich edierten *Buch der Tagebücher* zitiert, dem die vorliegende Studie stark verpflichtet ist.

Theodor W. Adorno: *Traumprotokolle.* Hg. von Christoph Gödde et al., Suhrkamp Verlag, Frankfurt/M. 2005

Nicholson Baker: *Eine Schachtel Streichhölzer.* Rowohlt Taschenbuch Verlag, Reinbek bei Hamburg 2005

Walter Benjamin: *Autobiographische Schriften.* In: *Gesammelte Schriften Band VI*, hg. von Rolf Tiedemann und Hermann Schweppenhäuser. Suhrkamp Verlag, Frankfurt/M. 1996

James Boswell: *Journal.* Hg. von Helmut Winter. Philipp Reclam jun., Stuttgart 1996

Elias Canetti: *Das Gewissen der Worte.* Hanser Verlag, München 1965

John Cheever: *Tagebücher.* Hg. von Robert Gottlieb. Rowohlt Verlag, Reinbek bei Hamburg 1994

Heimito von Doderer: *Tangenten. Aus dem Tagebuch eines Schriftstellers 1940–1950.* Hg. von Heinrich Vormweg. dtv, München 1964

Heimito von Doderer: *Der Grenzwald*. C. H. Beck Verlag, München 2010

J. W. Dunne: *An Experiment with Time*. Faber and Faber, London 1958

Max Frisch: *Entwürfe zu einem dritten Tagebuch*. Hg. von Peter von Matt. Suhrkamp Taschenbuch, Frankfurt / M. 2011

Markus Gasser: *Die Bibliothek der einsamen Insel*. Hanser Verlag, München 2014

André Gide: *Journal. 1889–1939*. Gallimard, Paris 1992 (*Bibliothèque de la Pléiade* Nr. 54)

Rainald Goetz: *Abfall für alle. Roman eines Jahres*. Suhrkamp Taschenbuch, Frankfurt / M. 2003

Gerhard Gnauck: «Wie die posthum veröffentlichten Tagebücher des Autors Witold Gombrowicz Polen erschüttern», in: *Die Welt*, 24. 5. 2013

Joseph Goebbels: *Die Tagebücher. Teil I. Aufzeichnungen 1923–1941*. Band 2 / III. Hg. von Elke Fröhlich. De Gruyter Saur, Berlin 2006

Annett Gröschner et al. (Hg.): *Backfisch im Bombenkrieg – Notizen in Steno*. Matthes & Seitz, Berlin 2013

Friedrich Hebbel: *Tagebücher*. Auswahl von Anni Meetz. Philipp Reclam jun., Stuttgart 1996

Friedrich Hebbel: *Weltgericht mit Pausen: Aus den Tagebüchern*. Auswahl und Nachwort von Alfred Brendel. Hanser Verlag, München 2008

Wolfgang Herrndorf: *Arbeit und Struktur*. www.wolfgang-herrndorf.de

Oliver Hilmes: *Witwe im Wahn: Das Leben der Alma Mahler-Werfel*. btb Verlag, München 2005

Gustav René Hocke: *Europäische Tagebücher aus vier Jahrhun-*

derten. Motive und Anthologie. Limes Verlag, Wiesbaden und München 1986

Ernst Jünger: *In Stahlgewittern*. Hg. von Helmuth Kiesel. Klett-Cotta, Stuttgart 2013

Ernst Jünger: *Strahlungen I/Strahlungen II*. dtv, Klett-Cotta, Stuttgart 1995

Ernst Jünger: *Siebzig verweht. Die Tagebücher 1965–1996*. Fünf Bände. Klett-Cotta, Stuttgart 1998

Frank Kafka: *Tagebücher*. Hg. von Hans-Gerd Koch et al. Kritische Ausgabe, S. Fischer, Frankfurt/M. 1990

Kara Mustafa vor Wien. Hg. von Richard F. Kreutel. dtv, München 1967

Gottfried Keller: *Das Tagebuch und das Traumbuch*. Verlag Benno Schwabe & Co., Klosterberg, Basel 1945

Walter Kempowski: *Alkor. Tagebuch 1989*. btb Taschenbuch, München 2003

Harry Graf Kessler: *Tagebücher 1918 bis 1937*. Hg. von Wolfgang Pfeiffer-Belli. Insel Taschenbuch, Frankfurt/M. und Leipzig 1996

Gunhild Kübler: «Die Listen der Hofdame. Sei Shonagon, um 966–nach 1017», in: *Leidenschaften. 99 Autorinnen der Weltliteratur*. Hg. von Verena Auffermann et al., C. Bertelsmann Verlag, München 2009

Helmut Krausser: *Substanz. Das Beste aus den Tagebüchern*. Dumont Buchverlag, Köln 2010

Michael Maar: *Solus Rex. Die schöne böse Welt des Vladimir Nabokov*. Berlin Verlag, Berlin 2007

Michael Maar: «‹Er hat's mir gestanden›. Überlegungen zu Wolfgang Herrndorfs ‹Sand›», in: *Merkur* 66 (2012)

Ursula März: «Ein offener Tresor: Anaïs Nin, 1903–1977», in:

Leidenschaften. 99 Autorinnen der Weltliteratur. Hg. von Verena Auffermann et al., Bertelsmann Verlag, München 2009

Ursula März: «Antipodin ihrer selbst: Susan Sontag, 1933–2004», ebda.

Thomas Mann: *Briefe an Otto Grautoff 1894–1901 und Ida Boy-Ed 1903–1928*. Hg. von Peter de Mendelssohn. Fischer Verlag, Frankfurt/M. 1975

Thomas Mann: *Die Tagebücher*. Zehn Bände, hg. von Peter de Mendelssohn und Inge Jens. S. Fischer, Frankfurt/M. 1979–1995

Katherine Mansfield: *Tagebuch. Vollständige Ausgabe*. Hg. von Max A. Schwendimann. Deutsche Verlags-Anstalt, Stuttgart 1975

Peter von Matt: «Die Vollkommenheit des Unfertigen», in: NZZ, 28. 11. 2009

Martin Mosebach: *Die Kunst des Bogenschießens und der Roman. Zu den «Commentarii» des Heimito von Doderer.* Carl Friedrich von Siemens Stiftung, München 2006, Bd. 85

Gunar Ortlepp über Arno Schmidt, in: *Der Spiegel*, 20. 4. 1970

Samuel Pepys: *Tagebuch aus dem London des 17. Jahrhunderts*. Hg. von Helmut Winter. Philipp Reclam jun., Stuttgart 2009

August von Platen: *Memorandum meines Lebens. Eine Auswahl aus den Tagebüchern*. Hg. von Gert Mattenklott et al., Athenäum Verlag, Frankfurt/M. 1988

Sylvia Plath: *Die Tagebücher*. Hg. von Frances McCullough. Frankfurter Verlagsanstalt, Frankfurt/M. 1997

Sylvia Plath: *The Journals 1950–1962*. Hg. von Karen V. Kukil. Faber and Faber, London 2000

Hans Pleschinski (Hg.): *Nie war es herrlicher zu leben. Das geheime Tagebuch des Herzogs von Croÿ*. C. H. Beck Verlag, München 2011

Der Rabe. Magazin für jede Art von Literatur. Nr. 34. Hg. von Joachim Kersten. Haffmans Verlag, Zürich 1992

Fritz J. Raddatz: *Tagebücher 1982–2001*. Rowohlt Verlag, Reinbek bei Hamburg 2010

Bernd Rauschenbach: *Wenn sich eine Briefklammer derart sperrt, daß* [sic] *soll man achten. Arno Schmidt & Design*. Häusser Verlag, Darmstadt 1990

Brigitte Reimann: *Alles schmeckt nach Abschied. Tagebücher 1964–1970*. Hg. von Angela Drescher. Aufbau Taschenbuch, Berlin 1998

David Rieff: *Tod einer Untröstlichen. Die letzten Tage von Susan Sontag*. Hanser Verlag, München 2009

Peter Rühmkorf: *Tabu I. Tagebücher 1989–1991*. Rowohlt Verlag, Reinbek bei Hamburg 1995

Alice Schmidt: *Tagebuch aus dem Jahr 1956*. Hg. von Susanne Fischer. Eine Edition der Arno Schmidt Stiftung im Suhrkamp Verlag, Bargfeld/Berlin 2011

Arno Schmidt: *Der Briefwechsel mit Wilhelm Michels*. Hg. von Bernd Rauschenbach. Eine Edition der Arno Schmidt Stiftung im Haffmans Verlag, Bargfeld 1987

Jochen Schmidt: *Schmidt liest Proust. Quadratur der Krise*. Verlag Voland & Quist, Dresden und Leipzig 2008

Arthur Schnitzler: *Tagebuch 1913–1916*. Verlag der Österreichischen Akademie der Wissenschaften, Wien 1983

Arthur Schnitzler: *Träume. Das Traumtagebuch 1875–1931*. Hg. von Peter M. Braunwarth u. Leo A. Lensing. Wallstein Verlag, Göttingen 2012

Uwe Schultz: *Das Tagebuch und der moderne Autor*. Ullstein Verlag, Berlin 1986

Nicole Seifert: *Von Tagebüchern und Trugbildern. Die autobiogra-*

phischen Aufzeichnungen von Katherine Mansfield, Virginia Woolf und Sylvia Plath. Kulturverlag Kadmos, Berlin 2008

David Shields: *Reality Hunger. Ein Manifest*. C.H.Beck Verlag, München 2011

Peter Sloterdijk: *Zeilen und Tage. Notizen 2008–2011*. Suhrkamp Verlag, Berlin 2012

Susan Sontag: *As Consciousness is Harnessed to Flesh. Diaries 1964–1980*. Hg. von David Rieff. Hamish Hamilton, Penguin Books, London et al. 2012

Jean-Yves Tadié: *Marcel Proust. Biographie*. Suhrkamp Verlag, Frankfurt/M. 2008

Rahel Varnhagen: *Ordentliche Dachstuben-Wahrheit wird er hören! Aphoristisches aus Briefen und Tagebüchern*. Ausgewählt von Octavia Winkler. Buchverlag Union GmbH, Berlin 1992

Andy Warhol: *Das Tagebuch*. Hg. von Pat Hackett. Droemer Knaur, München 1989

Rainer Wieland (Hg.): *Das Buch der Tagebücher*. Piper Verlag, München/Zürich 2010

Ludwig Wittgenstein: *Tractatus logico-philosophicus/Tagebücher 1914–1916/Philosophische Untersuchungen*. Suhrkamp Verlag, Frankfurt/M. 2006

Christa Wolf: *Ein Tag im Jahr. 1960–2000*. btb, München 2005

Christa Wolf: *Ein Tag im Jahr im neuen Jahrhundert. 2001–2011*. Suhrkamp Verlag, Berlin 2013

Virginia Woolf: *Tagebücher I–IV*. Hg. von Klaus Reichert. S. Fischer, Frankfurt/M. 1990–2008

Personenregister

Nicht aufgeführt sind die Namen
aus dem Anhang

2013 Verlag C.H.Beck oHG, München

Gesetzt aus der Dante bei
avisus, Michael Hempel, München
Druck und Bindung: Pustet, Regensburg
Gedruckt auf säurefreiem, alterungsbeständigem Papier
(hergestellt aus chlorfrei gebleichtem Zellstoff)
Printed in Germany
ISBN 978 3 406 65353 7

www.beck.de

Weitere Werke von Michael Maar bei C.H.Beck

Michael Maar
Die Betrogenen
Roman. 143 Seiten. München 2012

Stellen Sie sich vor, in Ihrer Sterbesekunde enthüllen sich Ihnen auf einen Schlag sämtliche Geheimnisse der Welt! Die Große Liste – sie ist eine Lieblingsvorstellung des alternden, aber charismatischen Schriftstellers Arthur Bittner, wie er sie seinem jüngeren Freund und designierten Biographen Karl Lorenz erzählt. In Karls Verehrung des großen Mannes, der immer noch viel Erfolg in der Damenwelt hat, haben sich schon ein paar Risse aufgetan, da erwähnt Bittner eine Tochter aus einer früheren Beziehung. Karl sucht sie – es ist die Zeit nach der Wende und vor dem Euro – in der Berliner Galerie auf, die sie mit einer Freundin teilt. Er verliebt sich, und als sie sich nach einer gemeinsamen Nacht nicht wieder meldet, beginnt ein Spiel der Scharaden und Verwechslungen. Jeder zweite führt ein verstecktes Doppelleben, Freunde und Kollegen verraten, beneiden und bewundern einander, und eigentlich geht es um das kleine Gelingen im großen Scheitern, um Liebe, Freundschaft und Tod. Und Karl hat an entscheidender Stelle nicht richtig zugehört …
In seinem glänzend geschriebenen literarischen Debüt erzählt der Essayist und Kritiker Michael Maar von Kunst, Eitelkeit, Sehnsucht und Tod.

Literatur bei C.H.Beck

Ernst Augustin

Gutes Geld

Roman. Etwa 208 Seiten. München 2013

David Foenkinos

Zum Glück Pauline

Roman. Aus dem Französischen von Christian Kolb

411 Seiten. München 2013

Manu Joseph

Das verbotene Glück der anderen

Roman. Aus dem Englischen von Claudia Wenner

Etwa 352 Seiten. München 2013

Lauren Groff

Arcadia

Roman. Aus dem Englischen von Judith Schwaab

Etwa 368 Seiten mit 17 Abbildungen. München 2013

Janet Frame

Auf dem Maniototo

Roman. Aus dem Englischen

von Lilian Faschinger

Etwa 304 Seiten. München 2013

Verlag C.H.Beck